Channel A 系列 ①

那年的
梦想

张小娴 经典作品

全新修订本

湖南文艺出版社
HUNAN LITERATURE AND ART PUBLISHING HOUSE
博集天卷
CS-BOOKY

爱到无法无天的时候

Channel A 这部小说，是从一九九九年三月 *Amy* 创刊号开始，在杂志上每期连载的。小说的形式看似短篇，读者看下去，却会发现它是一个长篇故事，每个故事的人物是相连的。

这部小说有别于我其他的小说，它更贴近现实一点；也许，因此会更赤裸一点。

写这部小说的时候，想写的是女孩子在这个城市里所经历的情爱。这些故事，都曾经发生在我们身边，甚至是我们自己身上，当中有甜蜜，也有苦涩。我们的步伐常常是如此匆促，有时候会错过许多美好的东西。我们如此孤独，有时候，又会做出错误的决定。唯一不犹豫的时刻，是哪里有爱情，我们就会义无反顾地向那个方向奔跑，把身上的一切都抛到脑后。

在旅途中，我读了刘易斯（C.S.Lewis）的《四种爱》，这本书使我深深地震撼，也在我最伤心的时候抚慰了我的心灵。书里有这样一段文字：

"如果人一任爱成为他生活的最高主宰，恨的种子就会发芽滋长。然后它就会成为神，然后它就会成为魔。"

在情爱里，我们都曾经膨胀为神，以为自己无所不能，最后，我们却也沦落成魔，无法自拔。

Channel A 里的主角，有一些也曾经膨胀为神，然后沦落成魔。他们无可选择地让爱成为生活的主宰，最后唯有活在恨里。而我，却升上了天使的宝座，俯视苍生。

刘易斯在书的另一章说："当爱变得无法无天的时候，它不但会去伤害别人，还会摧毁自己。"

Channel A 里，似乎每一个人都是爱得无法无天的。他们摧毁了别人的同时，也摧毁了自己。是否我也曾相信，无法无天的爱才是爱？即使有的救，我们也宁愿没的救。

在校对这部小说的时候，我开始同情小说里的主角，他们也许爱得毫无法度，却是掏尽所有的。我想写的，是人对爱的追寻。我仍然相信，爱是不会消逝的。有一天，它能够胜过恨。当你深深地爱着一个人，你是宁愿永不相见也不愿他一辈子恨你的。

我们对自己无法无天，面对自己所爱的人，却是战战兢兢的。我们甚至愿意用双倍的溺爱让对方永享自由。这样子的爱，是永不会沦落的。

张小娴

再 版 序

是觉醒，也是伤痛

Channel A 是小说主角夏心桔主持的一个晚间电台节目，在故事里反复地出现。有时候，它是对听者的慰藉，有时候，它偏偏触动了伤口、翻开了记忆。更多的时候，它让思念泛滥成灾。

有人说，男女之间是有一条红线牵系的，Channel A 或许就是那条红线，我小说里的人物，都在线上轮回。

第一辑推出时，出版社特别为小说推出一个网站，并举办故事接龙比赛。比赛很受欢迎，我们挑选了一些优秀作品放在

Channel A 第二辑。

第二辑的故事接龙比赛，现在也开始了，反应跟上一次同样踊跃。两次比赛的优秀作品实在太多了，我们决定把读者的优秀作品辑录成书，加上我从未在 Channel A 第一、二辑发表的小说，编成《Channel A 爱情杂志》，很快也会出版。

网络世界是一个分享的国度，我们分享信息，也分享自己的故事和感情。这些故事，是甜蜜的也好，是伤痛的也好，因为有人聆听，也就变得不平凡了。我渴望 Channel A 能够一直写下去，这样的话，我的读者不再只是读到我的书，而是能够参与和共享。

Channel A Ⅲ 正在 Amy 杂志连载。这一辑的风格和前两辑又有一点不同。Channel A 这个节目可以重复在小说里出现，我却不喜欢重复自己，虽然辛苦，但我宁愿接受挑战。

出版社催促我写这篇再版序，因为书已经卖光了，发行商天天打电话来要书。去年是我人生最黑暗的一年，这个消息无疑是最好的消息了。

对作者来说，销量既是压力，也是鼓舞。创作本来是孤单的，可是，当 Channel A 成为一本多媒体小说后，我好像没那么孤单了。

我来这个世界的时候，一无所有，走的时候，也将如此。了无遗憾，因为我在短暂人生里品味过美食、友谊、知识和情爱。

Channel A，是觉醒，也是伤痛，是微笑，也是哭泣。它如同人生，流泪的瞬间，你要明白，人生总有无法不流泪的时候，能够觉醒的人，才会了解眼泪的意义。

张小娴

二〇〇一年三月八日于香港家中

那 年 的 梦 想 ‖‖‖‖‖‖‖‖‖‖‖‖‖‖‖‖‖‖   # 目录 CONTENTS

Channel A

第 一 章

爱一个人的时候，
是没有理智可言的，
也只能对其他人无情。

凌晨时分，夏心桔在电台直播室里主持 Channel A。这几天以来，她觉得特别地伤感。每个人生命中都会有这些时刻吧？连带今晚的月光也带着几分清冷。

"如果有一个机会让你回到过去，你会回到哪一年？"

今天晚上，她想和听众玩一个心理测验。离家的时候，她随手把一本很久以前买的心理测验的书扔进皮包里。现在，她翻开其中一页，看到这个问题。

"二十四岁。"她回答自己。

回到人生某个时刻，是因为当时有放不下的东西。

二十四岁的时候，她刚刚从大学毕业了两年。那一年，她和孟承熙热恋。她在电台当实习生，薪水微薄，仅仅够养活自己。孟承熙在一家建筑师行里当助手，收入也比她好不了多少。她青梅竹马的好朋友孙怀真也正在谈恋爱。那个男人名叫邱清智，在机场的控制塔工作。四个年轻人刚刚开始在社会上奋斗。

是她向孙怀真提议四个人搬出来一起住的。这样既可以和男朋友住在一起，也可以四个人分担租金。做美术设计的孙怀真，爱下厨，做的菜好吃，又很会打理家务。这么一位室友，最适合怕下厨和怕做家务的她。四个人就这样说好了。

她和孙怀真在九龙太子道找到一所五百多呎[1]的小房子。这所房子有二十二年的历史了，虽然老了一点，但是，附近的环境很清静，除了一个客厅和两个房间之外，还有个平台。四个人可以坐在平台上吃早餐。只有两个人的话，绝对负担不起这种好地方。

---

[1] "呎"，即英尺，为香港惯用的英制计量单位，1 呎 =0.3048 米。文中指代平方英尺，500 平方英尺约合 46.5 平方米。

搬家的那天很热闹。孙怀真选了对着山那边的房间。她选了可以望到街上的房间。对着山的话，到了晚上，看出去便像黑夜的海那么漆黑。她喜欢看到夜晚街上的灯和对面房子的光。

邱清智带来了一把吉他，原来他念书时曾经有好几年在乐器行里教授吉他来帮补学费。那天晚上，他们搬家忙了一整天，地上的箱子还没有收拾。邱清智弹起吉他来，他们四个人就在那里一起唱歌。她靠着孟承熙，孙怀真靠着邱清智，唱的是 *That's What Friends Are For*（《那就是朋友的真义》）。

四个人都在家的日子，孙怀真和孟承熙会负责下厨。孟承熙也爱做菜，他做的鸭肉汤面，吃得他们三个人如痴如醉。每次做这个面，他要用新鲜的鸭，面条要用新鲜的阔面。那一锅煮面的汤也不能掉以轻心，必须用鸭骨和好几种材料熬上半天。每当孟承熙在厨房里专心一意地做这个面的时候，她便好想吻他。男人下厨为心爱的女人烹调食物，举手投足，有如君临天下，控制全局。他搓揉食物的一双巧手却又温柔而感性，那是他最性感的时候。

夏心桔和邱清智每一次都只能负责洗碗。他们两个不会做菜，只会吃。洗碗的时候，邱清智爱把长柄的锅当作吉他。他一边弹着满是肥皂泡的"吉他"一边唱歌，她在旁边和唱。没有柄的锅是她的鼓。

　　那个时候，夏心桔跟孙怀真约定了，将来她们有了钱，可以买房子，也要买两所相连的房子，比邻而居。

　　孙怀真嚷着说："好的！好的！到时候还可以吃到孟承熙做的鸭肉汤面。"

　　"我也可以和邱清智一起洗碗！他喜欢洗碗，洗得又快又干净，我只需要站在旁边用布把碗抹干。"夏心桔说。

　　然而，这样一个美好的梦并没有实现。

　　一天晚上，夏心桔下班回家，看到邱清智一个人坐在漆黑的客厅里。

　　她打开了灯，看到他的脸是惨白的。

　　"你为什么不开灯？怀真呢？"

　　"她走了。"悲凉的震颤。

"走了？是什么意思？"

"她把自己的东西都带走了。"

夏心桔呆了。"为什么会这样？承熙呢？承熙也许知道她去了哪里。他不在家吗？"

"他也走了。"

"走了？"夏心桔觉得难以置信。

"你怎么知道？"她问。

"我去你的房间看过了。"

她走进房间，打开衣柜和抽屉，发现孟承熙把所有衣服和证件都带走了。

"他们两个人一起逃走了！"邱清智站在门槛边，惨然地说。

夏心桔整个人在发抖，她的双脚变虚弱了，虚弱得几乎承受不起她身体的重量。她直挺挺地坐在床边。孟承熙为什么会不辞而别呢？她今天下午出去上班的时候，他还吻过她。那时候，孙怀真在平台上晒衣服。她跟孙怀真说再见，孙怀真的那一声再见，她倒是听得不太清楚。孟承熙即使要走，也不可能和孙怀真一起走。

"枕头上有一封信。"邱清智说。

她回头望，才发现那里有一个天蓝色的信封，信封上写着她的名字，是孙怀真的笔迹。

"我可以看吗？"邱清智问。

夏心桔打开信封，信是孙怀真写的。

阿桔：

　　我知道你不会原谅我。

　　为了一个男人，我同时出卖了自己最好的朋友和男朋友。可是，爱一个人的时候，是没有理智可言的，也只能对其他人无情。

　　我向来是个不顾一切的人，但是，这一次，我是考虑了一段很漫长的日子。那段日子太漫长了，你不会知道有多痛苦。曾经有无数次，我和孟承熙好想把我们的事情向你们坦白，但我们真的没有勇气说出来。

　　爱一个人，也许是没有原因的。两年前为什么会爱上邱清智，我也记不起来了。然而，我爱孟承熙，却有许多原因。我们太相似了。当你和邱清智都上班了，家中只剩下我们两个的时候，那是最甜美的时光。我们可以天南地北地谈个没完没了。我们会分享大家的食谱，分享大家喜欢的画家。当你们回家的时候，我们的甜美时光也要终结。然后，大家怀着内疚继续伪装下去。每一次，我都埋怨上帝为什么不让我比你早一点遇上他。那么，我和你仍然是青梅竹马的好朋友，将来有钱买了房子之后，也还可以比邻而居。

　　我曾经尝试离开他，但我办不到。他也许不是你一辈子的选择，却是我这一辈子遇过最好的。我曾经有一个很傻的想法。我想，我们为什么不可以四个人一起呢？这个想法太荒唐了吧？我不想失去你。可是，我和孟承熙也做不到。我们都开始忌妒对方的另一半了。

我不知道怎样去恳求你的谅解。我们选择了离开，离开这里，离开香港，去一个不会碰到你和邱清智，也不会碰到我们的朋友的地方。那是我唯一能为你做的事。

怀真

"你是不是早就知道了？"她问邱清智。

邱清智沮丧地摇了摇头。

"那你刚刚怎么知道他们是一起走的？"

"是在我发现怀真不见了的那一刻才想到的。"

"她有没有信给你？"

"没有，也许她并没有觉得对不起我。"

"你猜他们是什么时候开始的？"

"我不想知道。"

"你猜他们在哪一张床上做爱？是我这一张，还是你那一张？"

"我不想猜。"邱清智痛苦地抱着头。

"我猜是在你那张床，因为孙怀真喜欢看着山。"然后，她又说，"孙怀真一定是在孟承熙做鸭肉汤面的时候看上他的。"

"为什么？"

"因为他那个时候最性感。"震颤的声音。

"我不觉得。"

"他什么都比你好！"她骄傲地说。

"我不同意！"他不屑地说。

"若不是他什么都比你好，你女朋友为什么会把他拐走！"她向邱清智咆哮。

"那是因为怀真什么都比你好！"邱清智冷冷地说。

"是你女朋友抢走我男朋友！"夏心桔哇啦哇啦地哭起来。

"是你男朋友抢走我的女朋友！多么无耻！"邱清智愤怒地说。

"真是无耻！趁着我们两个不在家的时候偷情！"她一边哭一边附和邱清智。

邱清智的眼睛也湿了。

被背叛的两个人，相拥着痛哭。

夏心桔失去的不单单是一个男人，还有一个相交十五年的好朋友。孙怀真的信写得那样冠冕堂皇，仿佛她才是受害人。她抢走了挚友的男朋友，然后又把自己的爱情说得那样无奈、委屈而又伟大，她凭什么说孟承熙不会是夏心桔一辈子的选择呢？她太低估夏心桔对这个男人的爱了。

她太后悔了，是她邀请孙怀真和他们一起住的。这两个人骗了她多久？她深深爱着的这个男人，每天晚上想念着的却是隔壁房间的另一个女人。

她记起来了。四个人同住的日子，当两个男人出去了，她和孙怀真有时会靠在平台的椅子上晒太阳。那个时候，她们会分享彼此的性生活，那是两个女人之间的私密时光，男人是不会知道的。

她告诉孙怀真，孟承熙喜欢舔她的肚脐。

"不痒的吗？"

"感觉很舒服的呢！"她说。

"我也要叫邱清智舔我的肚脐。"孙怀真说。

"他没有舔你的肚脐吗？"

"他是还没断奶的，最喜欢亲吻我的胸部。"

"男人为什么都喜欢这个？我觉得他们那个模样好可怜啊！总是像吃不饱的，口里衔着不肯放开。"

她们两个脸也不红，扑哧扑哧地笑。

从某天开始，孙怀真对这方面的分享变得愈来愈沉默了。很多时候，她只是在听，没有再提起她和邱清智在床上的事。愚蠢的夏心桔，当时还以为那是邱清智在床上的表现乏善足陈，没她那个孟承熙那么会做爱。

一天，她们两个又靠在平台的椅子上晒太阳。她告诉孙怀真，她很喜欢孟承熙每次做爱之后抱着她睡。

"他从后面抱着我，我们弓着身子，像一只匙羹那样，那种感觉很温馨。我太爱他了!"

孙怀真的脸色忽然变得惨白,她当时还以为她身体不舒服,现在她明白了,那个时候,孙怀真已经和孟承熙睡过了,开始忌妒了。

她恨透这两个人。

现在,这所房子里只剩下另外两个人。他们同病相怜,没有谁比对方更了解自己,那两个会做菜的人走了,剩下两个会洗碗不会做菜的人,这也许可以说是另一种匹配吧。

孙怀真和孟承熙才走了几天,夏心桔和邱清智上床了。他们都太伤心,太需要慰藉;能够慰藉对方的,也只有彼此了。这一种感情,几乎不需要说出口,不需要追求和等待,也不会患得患失。两个被所爱的人背叛的人,为对方舔伤口,肉体上的,心灵上的。夏心桔要邱清智为她舔肚脐,那一刻,她会闭上眼睛,幻想他是孟承熙。当孟承熙在舔孙怀真的肚脐时,邱清智也在亲吻她的胸部。他像一只饥饿迷路的小羊,终于找到了母亲的乳房,便怎样也不肯再放开口。他们流着汗,也流着泪，激烈地做爱，他们潜进彼此的身体里，躲在那个脆弱的壳里，暂且忘却被背叛的忧伤和痛苦，身体抚慰身体。然后，她抱着他，两个人化成一只匙羹，再也分不开。

他们是情人，也是情敌的情人。他们互相扶持，互相怜悯，也许还互相埋怨。谁能理解这种感情呢？这是爱吗？她当时和邱清智一起，是为了报复孙怀真和孟承熙。邱清智也不过如此吧？然而，这种日子可以过多久？再不分开的话，她怕自己再也和他分不开了。然后，有一天，他们会互相仇恨。他们太知道了，他们只是无可奈何地共度一生。

她离开了邱清智。他没有问原因，甚至没有挽留。两个受伤的身体，一旦复原了，也是告别的时候。那样，他们才能够有新的生活，不用面对从前的自己。

她搬回去和妹妹夏桑菊一起住，邱清智也搬离了那所房子。他们好像很有默契地不相往来。唯其如此，两个人才可以重生。

一天，一个朋友告诉她，他在东京新宿附近见到孟承熙和孙怀真。他们好像在那一带工作。

他们说要离开香港，就是去了日本吗？他们两个在那里干什么？

那天晚上，当她下班回家的时候，夏桑菊还没有睡。她问夏桑菊：

"我应该去找他吗？"

"你自己一个人去？"

"嗯。"

"不是和邱清智一起去吗？"

"为什么要和他一起去？"

"你也应该通知他呀！你们是一同被背叛的。"

"不，我们又不是去捉奸。"她笑笑。

"为什么要去？你还爱他吗？"

"我恨他。"

"那就是还爱他了。我陪你一起去吧。"夏桑菊说。

夏桑菊刚刚和男朋友李一愚分手了，她想不到有什么更有意思的事情可以做。暂时离开这里陪姐姐去寻找当年不辞而别的旧情人，然后，两个人互相慰藉，或许，也是疗伤的一种方法。

到了东京的那天，她们来到新宿。午饭的时间刚刚过去了。那位朋友没说清楚在哪一带看到他们的。夏心桔和夏桑菊只好分头在街上寻找。

夏心桔沿着一条小巷去找。她忽然很害怕找到他们。见面的时候，说些什么好呢？她有点后悔来到这里。

就在那个时候，她看到孟承熙了。她不能使自己的目光从他身上移开。他看上去老了许多。他瘦了，改变了。他在一家简陋的汤面店里，正在收拾客人的剩菜残羹。她走到一根电线杆后面偷看他，不让他看到自己。她在那里久久地看着这个阔别多时的男人，突然感到强烈的惋惜。他从一个建筑师变成一个厨师了，那不要紧；但他从一个清朗的男人变成一个猥琐的异乡人。他口里叼着一根烟，满脸风霜。然后，她看到孙怀真了。她穿着白色的围裙，脸上涂得粉白。她老了，变平凡了，眼睛失去了光彩。她拖着一大袋垃圾唠唠叨叨的，跟孟承熙好像在吵架。孟承熙把烟蒂扔下，拿着那一袋垃圾走出店外。夏心桔连忙转过身去，不让他看到。他就从她身边走过，认不出她来。

在孟承熙回来之前，她匆匆地走了。

当她转过街角的时候，她感到一阵撕心裂肺的悲哀。她一直没法忘记孙怀真和孟承熙对她的背叛，然而，这一刻，她原谅了他们。他们为爱情所付出的代价太大了。牺牲了自己的前途，流落异乡。他们本来不需要走，因为要向她补偿，也就放弃了自己的生活。他们爱得如此之深，她凭什么去恨呢？那个女人毕竟是她青梅竹马的好朋友。而那个男人，她已经不爱了。只是曾经不甘心。

从东京回来的那天晚上，她想起了邱清智。那时刚好接近他下班的时间。她打了一通电话给他，约他在机场的餐厅见面，他爽快地答应了。

这个曾经和她互相慰藉的身体，再一次坐在她面前。邱清智没有改变，她自己也没有改变。当年被背叛的两个人，竟然活得比另外两个更好。跟孙怀真比较，她是多么地幸福。

"我在新宿碰到他们。"她说，"他们在汤面店里打工，生活不见得很好。"

"我知道。"邱清智说。

"你知道？"她诧异。

"怀真写过一封信给我。我是那个时候才知道他们在日本的。他们在那里半工半读。"

"为什么你不告诉我？"

邱清智沉默了片刻，终于说：

"我害怕你会去找孟承熙，我怕我会失去你。"

夏心桔望着眼前这个男人，难过得说不出话来。她有没有曾经好好地看过他和爱过他？她一直认为他和她是无可奈何地走在一起。他们互相报复，也互相怜悯。她从未察觉，从某天开始，他已经爱上她了。

她为什么要否定这段爱情？没有追求，没有等待，没有患得患失，便不值得留恋吗？当他亲吻她的胸部的时候，他爱的是她。当她抱着他睡的时候，她心里是快乐的。她却害怕去承认她已经爱上了他。她的爱是高尚的，他的爱却是次一等的。她坚持那不是爱。她一再怀疑他的爱。他们几乎不再相见了，才让她知道他爱她？她虚度了多少光阴？

现在，她坐在电台直播室里。今天晚上最后的一支歌是 *That's What Friends Are For*。那是他和她一起唱的第一支歌。他们两个在厨房里洗碗的时候，有柄的锅是他的吉他，没有柄的锅是她的鼓。那些日子曾经多么美好。他们才是一对。为什么她要等到这一刻才猛然醒觉？

多么晚了？多么远了？

Channel A

第 二 章

他们只是在人生的某段时光里相遇，
如同一抹油彩留在画布上，
那只是一张画布的其中一片色彩罢了。

自从离别后，已经有很长的一段日子，邱清智从来不敢去拧开收音机。这天晚上，他开车经过九龙太子道。月色渐渐深沉的时刻，他毅然拧开了车上的收音机。夏心桔那低沉而深情的声音在空气中飘荡。那是他曾经多么熟悉的声音。

　　思念，忽然泛滥成灾。

　　一个女孩在节目里说，她会用一生去守候她那个已婚的男朋友。

　　夏心桔说："你也无非是想他最终会选择你吧？如果没有终成眷属的盼望，又怎会用一生去守候？"

　　那个女孩说："守候是对爱情的奉献，不需要有结果。"

邱清智淡淡地笑了起来。男人是不会守候的。男人会一辈子怀念着一段消逝了的感情，同时也爱着别的女人。守候，是女人的特长。

然而，邱清智也有过一段守候的时光。

四个人同住在太子道那所老房子的时候，有一段日子，他要通宵当值。下班的时间，刚好和那阵子要做通宵节目的夏心桔差不多。早晨的微光，常常造就了他们之间那段愉快的散步。他在回家的路上巧遇过她两次。以后，他开始渴望在那条路上碰到她。如果哪个清晨回家时看不见她，他甚至会刻意地放慢脚步，或者索性在路边那爿小店喝一杯咖啡，拖延一点时间，希望看到她回家。每一次，当她在那里遇到他时，她总是笑着说：

"怎么又碰到你了？真巧！"

她所以为的巧合，无非是他的守候。

回家的那条小路上，迎着早晨的露水，两个刚刚下班的人，忘记了身体的疲倦，聊着自己喜欢的音乐。有时候，邱清智甚至只是静静地听着夏心桔说话。她的声音柔软而深情，宛若清溪，流过他的身体，触动他所有的感官，在他耳畔鸣啭。他知道，有一天，她会成为香港最红的声音。当她为了工作上的人事纠纷而失意时，邱清智总是这样安慰她。

季节变换更替，他和夏心桔已经在那段路上并肩走过许多个晨曦了。每一次，他都觉得路太短，而时光太匆促。

回到家里，他们各自走进自己的房间。许多次，孙怀真会微笑着问："为什么你们常常都碰巧遇上了？"而那一刻，夏心桔也正睡在孟承熙的身边。

那段与她同路的时光，愉快而暧昧，也带着一点罪恶感。假使他没有守候，只是幸运地与她相遇，他也许不会有罪恶感。然而，带着罪恶感的相遇，却偏偏又是最甜美的。

既然有甜美的时光，也就有失落的时候。邱清智告诉自己，他不过是喜欢和她聊天罢了。他和她，永远没有那个可能，从一开始就没有。

那是秋天的一个黄昏，家里只有他和夏心桔两个人。他在房间里忽然听到唱盘流转出来的一支歌，那是 Dan Fogelberg（丹·佛格柏）的 Longer（《天长地久》）。那不是他许多年前遗失了的一张心爱的黑胶唱片吗？他从房间里走出来。夏心桔坐在平台旁边那台古老的电唱机前面。她抱着膝盖，摇着身子，夕阳的微光把她的脸照成亮丽的橘子色。

"你也有这张唱片吗？"邱清智问。

她点了点头："你也有吗？"

"我那张已经遗失了，再也找不到。你也喜欢这首歌吗？"

她微笑说："有谁不喜欢呢？"

他望着她，有那么一刻，邱清智心里充满了难过的遗憾。他努力把这份遗憾藏得深一些，不至于让她发现。他常常取笑自己，他那轻微的苦楚不过是男人的多情。他怎么可以因为一己的自私而去破坏两段感情？况且，夏心桔也许并没有爱上他。

可惜，有一天，他禁不住取笑自己的伟大是多么地愚蠢。

那天晚上，邱清智回到家里，发现孙怀真不见了。他的两件衬衫，洗好了放在床上，但她拿走了自己所有的东西。那一刻，他下意识地冲进孟承熙和夏心桔的房间。放在地上的，只有夏心桔的鞋子。枕头上有一个天蓝色的信封，是给夏心桔的，那是孙怀真的笔迹。孙怀真和孟承熙一起走了。

邱清智死死地坐在漆黑的客厅里，愤怒而又伤心。他一直认为自己对夏心桔的那点感觉是不应该的，是罪恶的。孟承熙和孙怀真却背着他偷情。这个无耻的男人竟然把他的女朋友拐走了。他为什么现在才想到呢？

四个人同住的那段日子，孙怀真和孟承熙负责做菜。他们两个都喜欢下厨，孙怀真做的菜很好吃。兴致好的时候，她会做她最拿手的红酒栗子炖鸭。红酒的芬芳，常常弥漫在屋子里，他们不知道吃过多少只鸭子的精魂了。

每一次，邱清智和夏心桔都只能负责洗碗。他们两个都不会做菜，只会吃。洗碗的时候，他爱把有柄的锅当作吉他，没有柄的锅是她的鼓。当他们在洗碗时，另外两个人便在客厅里聊天。他听到孟承熙和孙怀真聊得好像很开心。有时候，他会有一点点的忌妒，他们在聊些什么呢？他们看来是那么投契。现在他明白了，在厨房里的两个人，是被蒙骗着的。厨房外面的那两个人，早已经在调情了。邱清智还以为自己的忌妒是小家子气的，他不也对夏心桔有一点暧昧的情意吗？所以他也这样猜度着孟承熙。原来，他的感觉并没有错。

孙怀真无声无息地走了。那天早上，当他出去上班的时候，她还没有起床。他拍拍她的胳膊，她背对着他熟睡了。也许，当时的她，并没有睡着，她只是没法再看他一眼。当情意转换，一切都变成前尘往事了。即使是一个告别的微笑，她也没法再付出。

邱清智想起来了。同住的日子，他和孟承熙常常到附近的球场打篮球。每次打球的时候，他们会谈很多事情。他告诉孟承熙，他第一个女朋友，是他的大学同学。

"还会见面吗？"孟承熙问。

"很久没见过她了，不知道她现在变成怎样。"

"还有机会再见到她吗？"

"时运低的时候，也许便会再见到她。"邱清智开玩笑说。

孟承熙的篮球打得很好，他也不弱。他更享受的，却是两个男人共处的时光。有时候，碰巧球场上有比赛，他们会坐在观众席上流连忘返，孙怀真和夏心桔要来捉他们回家吃饭。他们两个男人，被两个女人唠唠叨叨地拉着回家，就像顽童被妈妈抓住了，再没法逃脱。

那些日子，曾经是多么让人怀念！

某天晚上，他和孟承熙在打篮球时发生了一点争执。他推了孟承熙一下，孟承熙竟然用肩膀狠狠地撞他，他踉跄地退后了几步，心有不甘，要把孟承熙手上的篮球抢回来，孟承熙却故意把那个篮球扔得远远的。

"你这是什么意思？"邱清智生气地说。

"不玩了。"孟承熙转身就走。

走了几步，孟承熙忽然拾起那个篮球走回来，很内疚地说：

"对不起。"

是他首先推了孟承熙一下的，大家都有错。孟承熙向他道歉，他反而有点不好意思。

现在他明白了。孟承熙那一句"对不起"，不是为撞到他而说的，而是为孙怀真而说的。

当夏心桔回来的时候，她打开了那个信封，信是孙怀真写的。她在信上说，她已经记不起自己为什么会爱上他了。爱上孟承熙，却有很多原因。

她是多么地残忍，她竟然记不起他的爱了。

她留下一封信给夏心桔，却没有留下片言只字给他。也许，她根本没有觉得对不起他。

然后，夏心桔坐在床上哭了起来，邱清智也哭了。两个被背叛的人，互相埋怨，最后却相拥着痛哭。现在，这所房子里只剩下他们两个。

一天晚上，邱清智软瘫在沙发上听歌，就是那支 *Longer*。天长地久，哪儿有这么悠长的盟誓？坐在另一边的夏心桔突然爬到他身上。她双手抱着他，疯狂地吻他。他脱掉她的裤子。他们无言地做爱。除了喘气的声音之外，没有任何的悄悄话和抒情话。他们甚至闭上眼睛，不愿看到对方眸中那个难堪的自己。性爱是什么呢？这个他曾经向往的温存，只是绝望的哀鸣。他唯有用更狂野的动作去掩饰自己的脆弱。他本来不想做爱，但他无法拒绝她的召唤。有哪个男人可以拒绝一个流着泪的女人用身体摩挲他的裤裆呢？把她推向他的，不是爱情，而是复仇。他们用彼此的身体来报复背叛他们的那两个人。性是片刻的救赎。在那片刻里，绝望的肉体变得令人向往。

一次又一次，他们用最真实的方式互相安慰，也互相怜悯。在许多次无言的性爱之后，他们开始说一些悄悄话了，他们也开始睁开眼睛看到对方可怜的身躯了。最后留在房子里的两个人，互相依存，也互相慰藉。他们忽然变得不可以分开了。

他不是曾经缅怀着那段清晨守候，然后同路的时光吗？片刻的性爱欢愉，经过了不知多少岁月，忽而变成了悠长的缠绵。他爱亲吻她的胸部，听着她在耳畔的低回，那是人间的天籁。他开始害怕，这个为着复仇而留下来的女人，有一天会离他而去。寻常生活里，他努力像一个吸盘那样，吸附在她身上，不让她撇掉他。他是爱她的吗？他已经不知道了。他从来没有怀着那么复杂的感情去喜欢一个人。

夏心桔是爱他的吗？他不敢去求证。那两个人出走之后，他们变成两个孤单的人。夏心桔从来没有把他介绍给她的朋友和家人认识，他只是曾经见过她妹妹。她总是让他觉得，她心里守候的，只有孟承熙一个人。

一天，邱清智收到一封从日本寄来的信。那封信是孙怀真写的。

　　智：

　　　　现在才写这一封信，你也许会认为太迟了。

　　　　那个时候只是留下一封信给阿桔，因为我不知道跟你说些什么。无论我怎样说，你也是不会原谅我的吧？

　　　　我正在学日语，在这里，要学好日语才可以有其他的打算。东京的生活费很高，我在一家汤面店里打工。我并不是做我最擅长的鸭子，而是做叉烧汤面。四月初的时候，我和孟承熙去横滨看过一次樱花。看到樱花的时候，我才想起我已经很久没有拿起画笔了。我的油彩，早就荒废了。

阿桔好吗？不知道你们还有没有联络。我们曾经约好一起去看樱花的，这个愿望看来是不会实现的了。

一个人离开了自己长大的地方，原来会忽然变老成了。我常常怀念香港的一切。提笔写这封信，不是期望你的原谅。你也许已经忘了我。人在异乡，对从前的关爱，是分外缅怀和感激的，希望每一位旧朋友都安好和快乐。

怀真

这一刻，邱清智才知道，他已经不恨孙怀真了。他和孙怀真认识的时候，大家都那么年轻，大家也许都在寻觅。谁能知道将来的事呢？他们只是在人生的某段时光里相遇，如同一抹油彩留在画布上，那只是一张画布的其中一片色彩罢了。

夏心桔回来的时候，邱清智匆匆把信藏起来。

"你收起一些什么？"夏心桔问。

"哦，没什么。"他撒谎。

"你有假期吗？"

"你想去旅行吗？"

"嗯，我们从来没有一起去旅行过。"

他开心地说："好的，你想去哪里？"

"东京。"

他吓了一跳："东京？"

"你不喜欢东京吗？"

"不，不。"

"我没去过东京呢！"

"那就去东京吧！"

"太好了！"她兴奋地说。

为什么偏偏是东京呢？是某种巧合，还是没法解释的心灵感应？

邱清智故意订了在池袋的酒店，而不住新宿。然而，去东京的话，总不可能不去新宿的。幸好，在东京的三天，他们没有碰见过孟承熙和孙怀真。

临走的一天晚上，他们在新宿逛得累了，走进一家 Starbucks（星巴克）。当夏心桔还在犹豫喝哪一种咖啡时，店里的服务员却很有默契地围在一起，喊："Last order（最后一杯）！"

原来已经是晚上十一点十五分了。这大概是咖啡店的传统。

"还可以喝一杯的，你要喝什么？"他问夏心桔。

夏心桔脸色忽然变得惨白，说："不喝了。"

从东京回来之后，她变得一直很沉默。

邱清智预感的那个时刻，终于来临了。

一天晚上，他们在一家意大利餐厅里吃饭。夏心桔告诉他，她想搬回去跟她妹妹住。

"再不分开的话，我们也许再分不开了。将来有一天，我们会互相埋怨。"夏心桔忧郁地笑了笑。

邱清智并没有请求她留下来。也许她说得对，继续下去的话，有一天，她会埋怨他。在她心中，他只是次选。他们只是无可奈何地走在一起。

他沉默了，甚至说不出任何挽留的话，从很早以前开始，他爱的就是夏心桔。即使她只是用他来报复，他还是无可救药地爱着她。他愈来愈害怕失去她。有一次，当他们做完爱，他煮了一碗阳春面给她吃。这是他头一次为她下厨。她坐在床上，一边吃面一边流泪。

"不要对我这么好。"她苦涩地对他说。

为什么她要跟他说这句话呢？为什么他不能对她好？是因为她没有爱上他吗？

无论他多么努力，她在他身上寻找的，也不过是一份慰藉。时日到了，她还是会离开的。他忽然变消沉了。也许，在她心中，他也不过是用她来报复吧。她让他觉得，她会用所有的气力来否定这段爱情。他是被动的，没有选择的余地。原来，当你爱着一个人时，连折磨也是一种幸福。

"在新宿的那晚，我们不是去 Starbucks 了吗？"夏心桔说。

"是的。"

"你还记得他们一起喊 last order 吗？"

"嗯。"

"这两个字，忽然把我唤醒了。我和你，是不是就要这样继续下去呢？这是我们的 last order 吗？我不想这样。"她苦涩地说。

他以为，他们在新宿最大的危险是会碰到孟承熙和孙怀真；他没想到，有些事情是他没法逃避，也没法预测的。

离别的那天，邱清智陪着夏心桔在路边等车。车子来了，他看到夏心桔眼睛里闪烁着泪光。他很想最后一次听听她的声音，然而，她什么也没说，他也不知道要说些什么。现在叫她不要走，已经太迟了。

夏心桔忘记了带走唱盘上的一张唱片，那是 Dan Fogelberg

的 *Longer*。两段感情结束，他得到的是一张"天长地久"，命运有时挺爱开他的玩笑。

夏心桔走了之后，他也离开了那所房子。

很长的一段日子，邱清智不敢拧开收音机。尤其在寂寞的晚上，一个人在家里或者在车上，他很害怕听到夏心桔的声音，他害怕自己会按捺不住拿起电话筒找她。

然而，那天晚上，他去赴一个旧同学的聚会。那个同学住在太子道，因此他再一次走过他曾经每天走过的地方。他怀念着她在耳畔的低回，他拧开了收音机，听到她那熟悉的声音在车厢里流转。他的眼光没有错，她现在是香港最红的声音，主持每晚黄金时段的节目。

她现在有爱的人吗？

这又跟他有什么关系？她的声音，已经成为回忆了。

后来又有一天，差不多下班的时候，邱清智突然接到夏心桔的电话。她刚刚从日本回来，现在就在机场，问他可不可以见个面。他有什么理由拒绝呢？

在机场的餐厅里，邱清智再一次看到夏心桔。阔别多时了，他刚刚在不久之前鼓起勇气再次倾听她的声音，想不到她现在就坐在他面前，再次触动他身上所有的感官。

夏心桔告诉他，她看到孙怀真和孟承熙在新宿一家汤面店里打工，生活不见得很好。

"我知道。"他说。

"你知道？"她诧异。

"怀真写过一封信给我。我是那个时候才知道他们在日本的。他们在那里半工半读。"

"为什么你不告诉我？"她问。

"我害怕你会去找孟承熙，我怕我会失去你。"他终于说。

她久久地望着他，嘴唇在颤抖。

她的目光一直没有从他身上移开，他垂下了眼睑，望着自己那双不知所措的手。他为什么要说出来呢？

他望了望她，抱歉地微笑。

夏心桔垂下了头，然后又抬起来。是不是他的告白让她太震惊了？她是在埋怨他把消息藏起来，还是在他身上回溯前尘往事？

曾经，每一个迎着露水的晨曦，邱清智站在路边那片小店里一边喝咖啡一边守候她。看到夏心桔回来的时候，他假装跟她巧遇，然后跟她在那段小路上漫步。那些暧昧而愉快的时光，后来变换成两个互相慰藉的身体。

那段互相依存的日子，不是沉溺，而是发现。他太害怕失去她了，只好一次又一次用片刻的温存来延长那段被理解为沉溺在复仇中的伤感岁月。一天，他蓦然发现，那不是片刻，那是悠长的缠绵。从他们相识到分离，还没有割舍。

地久天长，是多么荒凉的渴求？

在许多次无言的性爱之后，他爱上她了。

他以为性爱的欢愉是唯一的救赎，原来，真正的救赎只有爱情。

Channel A

第 三 章

不要挥霍爱情，
爱是会耗尽的。

今天晚上最后一通电话，是一个女孩子打来的。

"是 Channel A 吗？我想用钢琴弹一支歌。"女孩说。

"我们的节目没有这个先例。"夏心桔说。

"我要弹的是 Dan Fogelberg 的 *Longer*。"女孩在电话那一头已经弹起琴来。

控制室里，秦念念等候着夏心桔的指示，准备随时把电话挂断。然而，夏心桔低着头，没有阻止那个女孩。女孩的琴声透过电话筒在直播室里飘荡。她弹得不是特别好，那支歌却是悠长的。

"你为什么要弹这支歌？"夏心桔问。

"我希望他会听到。"

"他是谁？"

"是一个很爱很爱我的男人。"

"他在哪里？"

"我不知道。"女孩开始抽泣。

"这是一支快乐的歌呀！"夏心桔安慰她。

"骗人的！根本没有天长地久。"女孩哽咽着说。

"已经破例让你在这里弹琴了，不要哭好吗？节目要完了，你有什么话要说吗？"

女孩沉默着。

"假如你没有话要说——"

"我想说——"沙哑的嗓音。

"要快点了！"

"我想说，不要挥霍爱情，爱是会耗尽的。"

夏心桔把耳机从头上拿下来，用手支着面前的桌子，缓缓地站起身。秦念念探头进来，问："没事吧？"

"我没事。"

秦念念递了一个包裹给她，说："那个人又寄油画来给你了。"

夏心桔主持这个节目已经有两年了，七百多个日子以来，每隔一段时间，一位署名 S.F. 翟的听众都会寄来一张自己亲手画的油画。每一张画，都仔细地配在一个框里。

"刚才你为什么肯让她弹琴？"秦念念问。

"因为是 Dan Fogelberg 的 *Longer* 呀！"她微笑着说。

也许她并不是为了那个女孩，而是为了自己。这是她和邱清智的歌；是开始，也是离别的歌。她太想念这支歌了。天长地久，当然是骗人的。前阵子，她见过邱清智。那是她和他分手之后第一次见面。那一刻，她才知道这个男人从前多么地爱她。她记得，两个人一起的时候，有一天，他们做爱之后，她饿昏了，邱清智煮了一碗阳春面给她吃。她坐在床边，双手捧着那碗面，面里漂浮着一朵晶莹的油花，她从那朵油花里看到自己脸上的泪珠滚滚掉落。

"不要对我这么好。"她对他说。

当你不太爱一个人的时候，你才会这样说的吧？她知道，自己是不值得的。

重聚的那天，她发现自己一直也是爱他的。只是，那刻也许太迟了吧？一起的时候，她挥霍他对她的爱，把他榨干和践踏。那种爱已经耗尽了，只留下苦涩的记忆。要回去，太不可能了。

她打开手上的包裹，是 S.F. 翟送来的油画。画里头，是一个窗口。窗边放着一盆绿色的花。夜深了，窗外是一幢一幢的高楼大厦，其中一幢大厦的窗子，并不是窗子，而是一张女人的、思念的脸孔。

她颓然坐着，用手支着头，久久地望着那张画，这个不正是她自己吗？她突然觉得眼睛湿润而朦胧，一颗泪珠涌出眼眶，滴在画上。

S.F. 翟送给她的油画，每一张的主角都是一个双手环抱胸前的女人。无论背景怎么变换，那个女人永远低垂着眼皮，小小的脸，瘦瘦的鼻子，嘴巴紧闭着，总是好像在思念一个人。

这个画画的人，应该是个男人吧？她觉得他是个男的。每一次，他的包裹里，都还有一张小小的卡片，卡片上只是简短地写着：

"喜欢你的声音，继续努力！"

两年来，这些鼓励从未间断。他的油画画得很漂亮。日复一日，夏心桔愈来愈好奇，他到底是一个怎样的人呢？

包裹里，有一张绿色的卡片，这一次，卡片上写着一个地址和两行字。

夏小姐：

从今天开始，我的油画放在这家精品店里寄卖。有空的话，不妨去看看。

S.F. 瞿

那家精品店距离她的家还不到十分钟的路程。今天太晚了，明天，她要去看看。离开电台的时候，夜色昏昏，她仿佛看到对面那幢高楼的墙上也有自己的、一张思念着别人的脸。那样痛苦地思念着别人，是回不了家的，只能在别人的窗子上流浪和等待。

第二天，夏心桔来到精品店。这是一家小小的精品店，卖陶瓷、石头、画框，也卖油画。店员是个穿了鼻环的男孩子。她推门进去的时候，男孩自顾自地随着音乐摆动身体。

"随便看看。"男孩一边嚼口香糖一边说。

夏心桔看到墙上挂着很多张S.F.翟的油画，油画的主角，依然是那个双手环抱胸前的女人。她抱着胸，怔怔地看着那些画。

"翟先生会来这里吗？"她问。

"先生？"

夏心桔的心陡地沉了一下，带着失望的神情问："画家是个女的吗？"

"是男的。"

原来这个男孩刚才听不清楚她说的话。是个男的便好了。

她希望他是个男人，虽然，他也许已经很老了，或者是长得很难看；然而，她心里渴望自己能够被一个男人长久地关怀和仰慕，这样的话，至少能够证明她是一个有吸引力的女人。

"翟先生有时会来。"穿鼻环的男孩说。

"那我改天再来。"

几天之后，夏心桔又来到精品店。

"翟先生刚刚走了。"穿鼻环的男孩认得她。

也许，她和他没有相遇的缘分吧。她失落地站在他的油画前面，她大概不会再来了。

一个男人的声音在后面说："我忘记带我的长笛。"

"这位小姐找你。"男孩说。

夏心桔回过头去，这个刚刚走进店里的男人，高高的个子配着温暖的微笑，看来只是比她大几岁。

"你好——"夏心桔说。

"夏小姐——"男人有些腼腆，又带着几分惊喜的神色。

"你就是送画给我的那个人？"她问。

"是的，是我。"

"你的画画得很漂亮。"

"谢谢你。"

"卖得好吗？"

"还算不错，全靠牛牛替我推销。"

"牛牛？"她不知道他在说谁。

他搭着男孩的肩膀说："穿鼻环的，不是牛牛又是什么？"

男孩用手指头顶了顶自己的鼻尖，尴尬地笑笑。

"他叫阿比。"男人说。

"我也喜欢听你的节目。"阿比说。

"你是画家吗？"她问。

"只是随便画画的，我的正职是建房子。"男人递上自己的
名片，他的名字是翟成勋。

夏心桔接过了他手上的名片，她的心陡地跳一下。他是建
房子的，她的初恋情人孟承熙不也是建房子的吗？

"你那天晚上的节目很感人。"翟成勋说。

"你是说哪一天？"

"让那个女孩子弹琴的那一天。"

"是她的琴声还是她说的话感人？"

"是你让她在节目里弹琴这个决定很感人。我想象有一天，如果我想在节目里唱一支歌，你会让我唱的。"

"但你总不能唱得太难听吧？"她开玩笑说。

"我唱 *Longer*，你便会让我唱。"

"你怎知道？"

"你常常在节目里播这支歌。"他了解地笑笑。

"你可是我最忠实的听众呢！"她的脸红了。

"我喜欢听你的声音，那是一种温柔的安慰，可以抚平许多创伤。"他垂下了头，又抬起来，由衷地说。

"可惜没法抚平自己的那些。"

她为什么会跟陌生人说这种话呢？也许，他不是陌生的，他们早已经在声音和图画中认识对方，这天不过是重遇。

沉默了片刻，她说："我要走了。"

"我也要走了。"

两个人一起离开精品店的时候，夏心桔看到翟成勋手上拿着一个黑色的、长方形的盒子，他刚才不是忘记带长笛，所以跑回来的吗？

"你玩长笛的吗？"

"我在乐器行里教长笛。"

夏心桔惊叹地摇了摇头："你的工作真多。"

"教长笛的是我的朋友，他去旅行了，我只是代课。"

"你的长笛吹得很好吗？"

"教小孩子是没问题的。"

"我以前认识一位朋友，他的吉他弹得很好。"她说的是邱清智。

"你也学过乐器吗？"

"我现在学任何一种乐器，也都太老了吧？"

"我班上有一个女孩子，年纪跟你差不多。你来学也不会太老的。"

她笑了笑："我好好地考虑一下——"

"夏小姐，你要去哪里？要我送你一程吗？"

"不用了，我就住在附近。再见了。"

当她转过身子的时候，翟成勋突然在后面说："你头发上好像有些东西——"

"是吗？"她回过头来的时候，翟成勋的手在她脑后一扬，变出一朵巴掌般大的红色玫瑰花来。

"送给你的——"

"没想到你还是一位魔术师。"

"业余的。"他笑着跳上了计程车。

那天晚上，夏心桔把玫瑰养在一个透明的矮杯子里，放在窗边。已经多久了？她从来没有像今天这么甜美。真想谈恋爱啊！被男人爱着的女人是最矜贵的。

后来有一天，她不用上班，黄昏时经过那家精品店，翟成勋隔着玻璃叫她。

"哦，为什么你会在这里？"夏心桔走进店里，发现店里只有翟成勋一个人。

"今天是周末，阿比约了朋友，我帮他看店。这家店是我朋友开的，阿比是店主的弟弟。"

她望望那面墙，只剩下一张他的画。

"你的画卖得很好呀！"

"对呀！只剩下一张。"

"为什么你画的女人都喜欢双手抱在胸前？"她好奇地问。

"我觉得女人拥抱着自己的时候是最动人的。"

她突然从他身后那面玻璃看到自己的反影，这一刻的她，不也正是双手抱在胸前吗？她已经记不起这是属于她自己的动作呢，还是属于油画中那个女人的。

"你画的好像都是思念的心情。"

翟成勋腼腆地说："我了解思念的滋味。"

"看来你的思念是苦的。"

"应该是苦的吧？"

"是的。"她不得不承认。

沉默了片刻，她问：

"你真的是魔术师吗？"

他笑了笑："我爸爸的哥哥，那就是我伯伯了，他是一位魔术师。我的魔术是他教的，我只会一点点。"

"可以教我吗？"

"你为什么要学呢？"

"想令人开心！"她说。

"这个理由太好了！就跟我当初学魔术的理由一样。那个时候，很多小孩子要跟我伯伯学魔术，一天，他问我们：'你们为什么要学魔术？'当时，有些孩子说：'我要成为魔术师！'有些孩子说：'我要变很多东西给自己！'也有孩子说：'我要变走讨厌的东西！'只有我说：'我想令人开心！'我伯伯说：'好的，我只教你一个！'魔术的目的，就是要令人开心。"

"你伯伯现在还在表演魔术吗？"

"他不在了。"翟成勋耸耸肩膀，说，"现在，我是他唯一的徒弟了。"

"你会变很多东西吗？"

"你想变些什么？我可以变给你。又或者，你想变走哪些讨厌的东西，我也可以替你把它变走。"

"不是说魔术是要令人开心的吗？"

"特别为你破例一次。"

夏心桔想了想，说："可以等我想到之后再告诉你吗？只有一次机会，我不想浪费。"

"好的。"

她知道翟成勋没法把思念变走，也不能为她把光阴变回来。那样的话，她想不到有什么是她想变的。

不久之后的一天晚上，她做完了节目，从电台走出来的时候，看见了翟成勋在电台外面那棵榆树下踱步，他似乎在等她。

"你为什么会在这里？"她问。

他腼腆地说："想告诉你，我明天要走了。"

"你要去哪里？"

"德国。"

"去工作吗？"

"是的，要去三个星期。"

夏心桔有点奇怪，翟成勋特地来这里等她，就是要告诉她这些吗？他不过离开三个星期罢了，又不是不会回来；而他们之间，也还没到要互相道别的阶段。

她望着翟成勋，他今天晚上有点怪。他的笑容有点不自然，他那一双手也好像无处可放。她太累了，不知道说些什么，最后，只好说：

"那么，回来再见。"

翟成勋脸上浮现片刻失望的神情，点了点头，说："再见。"

走得远远之后，他突然回头说："我答应过会为你变一样东西的。"

"我记得。"夏心桔微笑着说。

那天晚上回到家里，她爬到妹妹夏桑菊的床上。

"为什么不回自己的床呢？"夏桑菊问。

"不想一个人睡。为什么近来没见你跟梁正为出去?"

"他很久没有找我了。"

"他不是你的忠心追随者吗?"

"单相思也是有限期的。也许他死心了,就像那天晚上在你节目里弹琴的女孩子所说的,他的爱已经给我挥霍得一干二净,没有了。"

"真可惜——"

"哪一方面?"

"有一个人喜欢自己,总是好的。"

"谁不知道呢? 但是,那个人根本不会永远俯伏在你跟前。你不爱他,他会走的。"

"这样也很公平呀! 记得我跟你提过的那个翟成勋吗? 他今天晚上在电台外面等我,我以为是有什么特别的事情,原来他只是来告诉我他明天要到外地公干。"

"就是这些?"

"是的,他有必要来向我告别吗?"

"那你怎么做？"

"就跟他说再见啦！"

"你真糟糕！"

"为什么？"

"他是喜欢你，才会来向你道别的。"

"他又不是不回来。"

"也许他想你叫他不要走。"

"不可能的，我不会这样做。"

"人有时候也会做些不可能的事。他喜欢你，所以舍不得你。"

"那么，我是应该叫他留下来吗？"

"不是已经太迟了吗？"

夏心桔抱着枕头，回想今天晚上在电台外面的那一幕，有片刻幸福的神往。他的等待、他的腼腆、他的不舍，是她久违了的恋爱感觉。临走的时候，他忽而回头，说："我答应过会为你变一样东西的。"他是希望她要求把离别变走吧？她怎么没有想到他话中的意思呢?

"好像很想谈恋爱的样子呢!"夏桑菊说。

夏心桔笑了:"谁不想呢?"

"是的,最初的恋爱总是好的,后来才会变坏。"

她多么宁愿把离别变走。那三个星期的日子,她几乎每一刻都在思念他,她已经成为他油画中那个被思念所苦的女人。同时,一种甜美的快乐又在她心里浮荡,远在德国的那个人,也是在思念她吧?

三个星期过去了,四个星期也过去了,她许多次故意绕过那家精品店,也看不见翟成勋。

后来有一天晚上,她故意又去一遍。这一次,她看到翟成勋了。她兴高采烈地走进店里。

"你回来了!"她说。

"是的!"看见了她,他有点诧异。

在那沉默的片刻,夏心桔几乎可以听见自己急促的呼吸声。她在等待着他说些什么。可是,他站在那里,毫无准备似的。她想，也许是告别的那天，她令他太尴尬了，现在有所犹豫了。于是，她热情地说：

"我想到要变些什么了。"

"你要变些什么？"他问。

她觉得翟成勋好像有点不同了。他变得拘谨，笑容收敛了，说话也少了。

"我想变一只兔子。"她说，"小时候，我见过魔术师用一条丝巾变出一只可爱的兔子。"

"好的，改天我教你。"

就在这个时候，一个长发的女孩子从店后面走出来。

"你就是夏小姐吗？"长发女人兴奋地问。

夏心桔掩不住诧异的神色。

"我们很喜欢听你的节目。"长发女人说。

"思思是阿比的姐姐。"翟成勋说。

"夏小姐，你喜欢什么，我们给你打折。"她说话的时候，挨着翟成勋，好像一对已经一起很多年的情侣。

翟成勋是有女朋友的，他为什么不早点说呢？可是，他也许没有必要告诉她吧？他们只是见过几次面，他只是她的一个听众，他不过是一个两年来一直鼓励她的人。

"我去了美国读书四年，四年来，成勋每星期都写信给我，他是个难得的男朋友。"思思说。

思思为什么告诉她这些呢？

翟成勋油画里的所有思念，也是对思思的思念吧？

翟成勋避开了夏心桔的目光。眼前的这个人，跟那天晚上在电台外面说"我答应过会为你变一样东西"的那个，仿佛不是同一个人。他更不是那个第一次相遇便在她的头发里变出一朵玫瑰的人。是她太多情了。

多少日子以后，夏心桔在节目里又播了一遍 *Longer*，也许，她日夜思念的根本是另一个男人，她只是冀求能有一段新的爱情来拯救自己。因为爱的不是翟成勋，她不再感到尴尬了，只是有一种可笑的无奈。曾经有那么一刻，她以为迎面而来的一只兔子是要奔向她怀中的，然而，当她张开双臂，那只兔子却从她身边溜走了。后面有另外一个人接住那只兔子，那人才是它的主人。而她自己呢？她并不是想要一只兔子，她想要的，是一个怀抱。

Channel A
第 四 章

一轮皎洁的明月映照着他的窗子。
如果月亮是有眼睛的，
为什么要垂顾这个负心的男人？

每一次经过陈澄域的家，秦念念都停下脚步，抬头望着他的那一扇窗子。

当她发现灯是亮着的，她不禁要问：为什么他还没有死？

今天晚上，她刚刚参加完一个旧同学的婚礼。她一个人走在街上，不知不觉又来到了陈澄域的那幢公寓外面。她抬起头来，屋里的灯没有亮着，一轮皎洁的明月映照着他的窗子。如果月亮是有眼睛的，为什么要垂顾这个负心的男人？

她想他死！

她从来没有这么恨一个人，那是一段她最看不起自己的岁月。

陈澄域脸上一颗豆大的汗珠掉落在她的胸部，湿润而柔软，一直滑到她的肚脐眼。她紧紧地捉住他的胳膊，问他：

"你是爱我的吧？"

他微笑着点头，然后又合上眼睛，把自己推向了她。

"为什么要合上眼睛？"她问。

"我在享受着。"他说。

"你不喜欢看着我吗？"

"只有合上眼睛，才可以去得更远。"他说。

秦念念也合上了眼睛。的确，当她把自己投进那片黑暗的世界，她才能够更幸福地迎向他在她肚里千百次的回荡。在那段时光里，她随着他飞向了无限，摔掉了手和脚。最后，他张开了眼睛，吮吸她的舌头。她哭了，眼睛湿润而模糊。

"别这样。"他替她抹去脸上的泪水。

这一刻，她想，即使是断了气，她也是愿意的。现在就死在他身边，那就可以忘记他还有另一个女人。

"你知道吗？"她说，"我曾经以为你很讨厌我。你每天都把我骂得狗血淋头。"

"我有那么凶吗?"他笑了。

"我那时真的想杀了你!"她说。

刚进杂志社当记者的时候,陈澄域是她的上司。他对她特别地严格。她写的第一篇报道,他总共要她修改了十一次。到第十一次,他看完了那篇稿,冷冷地说:

"不行。"

就只有这两个字的评语吗?那篇稿是她通宵达旦写的,她以为这一次他会满意了,谁知道他还是不满意。他到底想她怎样?

"你该好好考虑一下自己是否适合这份工作。"他说。

她的眼泪涌出来了。她本来充满自信,却在他跟前一败涂地。他给她最多的工作和最刻薄的批评。他为什么那样讨厌她呢?入行之前,她已经听过他的名字了。没有人不认识他,他曾经是著名的记者,他写的报道是第一流的。当她知道可以和他一起工作,她多么雀跃!他却这样挫败她。

那阵子，她爱上了吃巧克力。据说，巧克力可以使人有幸福的感觉。每当她感到沮丧，便会跑去杂志社附近的百货店买巧克力。那儿有一个卖法国巧克力的柜台，她贪婪地指着玻璃柜里的巧克力说："我要这个、这个和这个！"当她吃下一颗巧克力，她真的有片刻幸福的感觉，忘记了自己多么地没用。

　　一次，她在那个柜台买巧克力的时候碰见陈澄域，她假装看不见他，一溜烟地跑掉了。

　　后来有一天，陈澄域看完了她写的一篇报道，罕有地说："还可以。"

　　"什么是还可以？"她愤怒了，"难道你不可以对我仁慈一点吗？你为什么这样吝啬？"

　　他望了望她，说："难道你要我说这篇稿是无懈可击的吗？"

　　"那你最少应该多说几句话。"

　　"你到底想我怎样说，你不喜欢我称赞你，是想我骂你吗？"

　　"我曾经是很仰慕你的！"她说着说着流下了眼泪，"你为什么要对我这样苛刻！"

陈澄域沉默了。

"我在问你！"她向他咆哮。

陈澄域终于说："我要使你成材！"

"你这样对我是为了使我成材？"她冷笑。

他拿起她的稿子说："你现在不是写得比以前好了吗？"

"这是我自己的努力！"她说。

他说："是的，你是可以做到的。"

她望着他，忽然理解他对她的严格。要是没有他，她怎知道自己可以做到？她站在那里，既难堪又内疚。他为什么要使她成材呢？这些日子以来，他爱上了她吗？她又爱上了他吗？她以为自己是痛恨他的。

他从抽屉里拿出一小包东西，放在她手里，说："给你的。"

"什么来的？"她抽噎着问。

"你每天都需要的。"他微笑着说。

她打开那个小包看，原来是巧克力。

"你好像每天都在吃巧克力。"他说。

"因为这样才可以帮我度过每一天。"她笑了。

"这是我所知道的最好吃的巧克力，你试试看。"

"真的？"她把一片巧克力放在舌头上。

"怎么样？"

"很苦。"她说。

"哦，我应该买别的——"

她连忙说："不，我喜欢苦的，这个真的够苦了！"

那苦涩的甜味漫过她的舌头，她吃到了爱情的味道。

后来，陈澄域常常买这种巧克力给她。她问他：

"这种巧克力叫什么名字？"

"Le 1502。"他说。

"Le 1502。"她呢喃。

可是，爱他是不容易的。他已经有一个交往八年的女朋友了。她抱着他湿漉漉的身体，他替她抹去脸上的眼泪，又说一遍：

"不要这样。"

"你什么时候才会离开她？"她问。

"给我一点时间好吗？"他说。

"不是说对她已经没有感觉了吗？我真的不明白男人，既然不爱她，为什么还要跟她一起？"

他无言。

"我不想再这样偷偷摸摸。"她说。

这天晚上，也是因为那个女人出差了，绝对不会忽然跑上来，陈澄域才让她在这里过夜。她毫无安全感地爱着这个男人。她凭什么可以赢过一段八年的感情呢？就单凭他的承诺吗？作为一个第三者，当她的男人回到原来的那个女人身边，她立刻就变成一只被主人赶到外面的可怜的小猫。

他一次又一次地答应会离开那个女人，他们为这件事情不知吵过多少遍，他始终没有离开。是的，她太傻了。当一个男人知道那个第三者是不会走的，那么，他也用不着离开自己的女朋友。

那年的圣诞节，他说要去日本旅行，是跟两个弟弟一起去。

"真的？"她不相信。

"不相信的话，你可以来机场送我。"

她没有去，她相信这个男人，她想相信他。他告诉她，他已经很久没有和他女朋友做爱了，她也相信，又何况是这些?

到了东京的第二天，陈澄域打了一通电话回来给她。

"吃巧克力了没有？"他问。

走之前，他买了一包巧克力给她。

"我正在吃。"她说。

尝着苦涩而幸福的味道，秦念念合上眼睛，飞越了所有的距离，降落在她爱的那个男人的怀抱里，吻着他濡湿的身体。

"为什么不说话？"陈澄域在电话的那一头问她。

她微笑着说："我的眼睛合上了，这样才可以去得更远。"

他们在一起的日子，她总是无数次地问他："你爱我吗？"唯独这一次，她不用再问了。她知道他是爱她的。在她生命中，这段时光曾经多么美好？然而，人只要张开眼睛，现实的一切却是两样。

陈澄域旅行回来之后，一天，秦念念在他的钱包里发现一张冲晒店的发票。她悄悄拿着发票到冲晒店去。那个店员把晒好了的照片交给她。她迫不及待打开来看看。那一刻，她宁愿自己从来没看过。陈澄域哪里是跟两个弟弟一起去的？他是和女朋友去的。照片里的女人幸福地依偎着他。他们怎么可能是已经很久没有做爱了？

她把那一沓照片扔在他面前。

"你为什么要骗我？"她凄楚地问。

"我不想你不开心。"他说。

他是不会离开那个女人的吧？她搂着他，哭了起来："我真的讨厌我自己！为什么我不能够离开你！"

她在他眼睛的深处看到了无奈。怪他又有什么用呢？

"你还有什么事情瞒着我？"她问。

陈澄域摇了摇头。

"我求你不要再骗我。"她哀哭着说。

"我没有。"他坚定地说。

她多么地没用？她又留下来了，再一次地伤害自己。

一天，她偷看陈澄域的电子邮件，看到他女朋友写给他的这一封：

域：

　　结婚戒指已经拿回来了，我迫不及待戴在手上。这几天来，我常常想着我们下个月的婚礼，我觉得自己很幸福。谢谢你。

薇

秦念念整个人在发抖。她怎么可以相信，她爱着的那个男人，她和他睡觉的那个男人，竟然能够这样对她？他从来没有打算和她长相厮守。他一直都在欺骗她，是她自己太天真，也太愚蠢了。

她没有揭穿他。这天下班之后，她甚至跑到百货店买了一双水晶酒杯。

"是送给朋友的结婚礼物，请你替我包起来。"她跟店员说。

她一定是疯了吧？哪个女人可以承受这种辜负呢？

那天晚上，她抱着结婚礼物来到陈澄域的家。他打开门迎接她，看到她怀中的礼物，问她：

"是什么来的？"

"送给你的。"她把礼物放在他手里。

"为什么要买礼物给我？"他微笑着问她。

她盯着他眼睛的深处，挤出了苦涩的微笑，说："是结婚礼物。"

陈澄域回避了她的目光。

长久的沉默过去之后，他搂着她，想要吻她。

"你走开！"她向他咆哮，"你以后也不要再碰我！"

"你到底想我怎样？"

"你答应会离开她的！"哀伤的震颤。

"我做不到。"他难过地说。

"对我你却什么都可以做，不怕我伤心！是不是？"她打断他。

"对不起——"他说。

她凄然问他："你为什么要向我道歉？你为什么不去向她道歉？为什么你要选择辜负我？"

"我根本没的选择！我不是想骗你，我是没办法开口。"

"你可以不结婚吗？"她哀求他。

"你会找到一个比我好的人。"他说。

她心里悲伤如割："但我不会再这么爱一个人了。"

她以为自己能够离开这个男人，可是，她还是舍不得。后来，在办公室见到陈澄域，她问他：

"今天晚上，我们可以见面吗？"

他冷漠地说："我们还是不要见面了。"

"为什么？"她害怕起来。

"我是为了你好。"他说。

"在你结婚之前，我们见最后一次，好吗？"她求他。

他决绝地摇头："不要了。我这样做是为了你。"

"我不要你为我！你一向也没有为我想！"她冷笑。

"所以，从今天开始，我要为你想。"他说。

他一直都是在骗她的吧？如果不是，他怎能够这样决绝？

那天晚上，她跑上陈澄域的家。他还没有回来。她一向没有他家里的钥匙。她坐在门外痴痴地等他。她多么看不起她自己！

陈澄域回来了，手上拿着大包小包，是新婚的用品吧？

"我可以做第三者！"她哭着说。

"你做不到的！"他说，"念念，你不是这种人。"

"那你就不要结婚！"

"不行。"他说。

她揪着他的裤头，歇斯底里地骂他：

"你把我当作什么人了！我后悔我没有张开眼睛看清楚你！"

陈澄域捉住她双手说：

"你疯了吗！"

她拉扯着他："你根本从来没有爱过我！"

"你认为是这样便是这样吧！"陈澄域把她推开。

她狠狠地捆了他一巴掌，他震惊而愤怒地望着她。

这一巴掌，是了断吧？

后来，陈澄域结婚了。她失去了所有的斗志。没有人再给她买巧克力，巧克力也不能再给她幸福的感觉。她的稿简直写得一塌糊涂，再没有人要使她成材。

一天，陈澄域跟她说：

"公司会办一本新杂志，你过去那边上班好吗？"

"你这是什么意思？"她问。

"那边比较适合你。"

"你是想把我调走吧？"她质问他。

"你自己也知道，你在这里根本没办法工作。"他说。

"那我自己辞职吧。"她说。

他沉默了。

"你知道我最后悔的是什么吗？"她问。

然后，她说："跟你上床是我一生最后悔的事。"

她没有再当记者了，她没有留在那个圈子。她进了电台工作。

今天晚上，她在婚礼上看到新人拿着一双漂亮的水晶杯。她不是也曾经送过这份结婚礼物给陈澄域吗？那个时候，她居然还想感动他。听说他升职了，他现在一定很幸福吧？他也许已经记不起她了。

这么卑鄙的人，为什么还活着呢？上天有多么地不公平！

她离开了那个漆黑的窗口，回到电台。节目已经开始了。

节目尾声的时候，一个女孩子打电话进来，说要用钢琴弹一支歌。

"我们的节目没有这个先例。"夏心桔说。

"我要弹的是 Dan Fogelberg 的 *Longer*。"女孩在电话那一头已经弹起琴来。

她准备随时把电话挂断，然而，夏心桔并没有阻止那个女孩。

女孩的琴声穿过电话筒在空气里飘荡。还有人相信天长地久的爱情吗？她只知道，当一个女人感到幸福，也一定有另一个女人因为她的幸福而痛苦。

弹琴的女孩说："不要挥霍爱情，爱是会耗尽的。"

她没有挥霍爱情，她的爱是给别人挥霍了的。耗尽之后，只剩下恨。

节目结束了，秦念念把一个听众寄来的油画交给夏心桔，那是一个喜欢画思念的画家。不管是苦还是甜，思念着别人和被人思念着，也是好的吧？只是，她没有一个人要思念。

"要一起走吗？"夏心桔问她。

"我还有些东西要收拾。"她说。

夏心桔出去了。新闻报道的时候，秦念念听到这段消息：

夜里十二点三十五分，西区海边发生一宗严重车祸。《远望》杂志总编辑陈澄域驾驶一辆私家车失事冲下海。消防员及警员到场拯救。陈澄域送医之后证实死亡。

秦念念浑身在颤抖。那位新闻报道员从直播室走出来，她捉住他问：

"真的是陈澄域吗？"

"是的，身份已经证实了，你跟他是认识的吗？"

"他死了？"她喃喃。

她回忆起他的脸和他的眼睛。他曾经合上眼睛和她一起飞向无限，后来却辜负了她。她不是很想他死的吗？突然之间，在一个月夜里，他死了，死于水里。她应该感到高兴才对，她却肝肠寸断了。他的肉体也许将化作飞灰，也许长埋地下，自有另一个女人为他哀伤流泪。她为什么要悲痛欲绝呢？她不是恨透了他吗？他曾经那样欺骗她、辜负她，他甚至没有爱过她。

他真的从来没有爱过她吗？他曾经想她成材。当他在另一个女人身边时，他还是从遥远的地方打电话回来给她。他是为了她着想才会那么无情的。他怎会没有爱过她呢？他曾经温柔地为她抹去眼泪，还有那千百次爱的回荡。只是，他今生也不可能跟她长相厮守了。

　　他为什么要死呢？他死了，她是空的。

Channel A

第 五 章

爱情刚刚萌芽的时候,
一切总是单纯而美好的,
到了后来,才有背叛和谎言。

张玉薇在陈澄域的遗物里发现了几本日记。这么多年来，她从不知道他有写日记的习惯。她不知道的事情太多了。

从前，陈澄域总爱问她：

"玉薇，如果有一天我不在了，你最怀念跟我一起做的哪些事情？"

"太多了！"她老是这么回答。

那个时候，她怎会想到这些戏言都会成真？早知道这样，她绝对不会背叛他。她以为她已经补偿了；可是，当她看到他的日记，她才知道她永远无法补偿。直到她自己死的那一天，那个伤口仍然是难以弥合的。

她和陈澄域是在飞机上邂逅的。他从香港飞去伦敦采访，她是那班航机上的空中服务员。他们约好了在伦敦一起游玩。

波特贝露道是伦敦最著名的古董街。除了放眼不尽的古董店之外，还有许多卖水果的摊子，刚刚出炉的面包，阿拉伯人做的烧鸡和咖啡的香味。那个冬日的早上，波特贝露道挤满了游人，她把一大包无花果抱在怀里，一边走一边吃。她还是头一次吃到新鲜的无花果，那种清甜的味道常常使她怀念伦敦。陈澄域买了一份烧鸡三明治，撕成两半，分了一半给她。

来到一个卖花的摊子前面，陈澄域拣了一束英国红玫瑰给她。

"听说，去到每一个城市，都应该买一束当地的花。"他说。

"为什么？"

"打个招呼，也留个带不走的纪念。"他微笑着说。

那个纪念并不是带不走的，它留在回忆里。多少年了，她和陈澄域有过许多难忘的往事；然而，波特贝露道的清晨，却在她的记忆里永存。若问她最怀念和他一起做的哪些事情，那么，大概就是这一天了。爱情刚刚萌芽的时候，一切总是单纯而美好的，到了后来，才有背叛和谎言。

她跟余志希是在飞机上相识的，然后，她跟这个刚刚相识的男人在西班牙的巴塞罗那把臂同游。当她接到陈澄域从香港打来的电话时，她正赤身露体地躺在余志希的床上。

"很挂念你。"陈澄域在遥远的故乡说。

"我也是。"她说。

挂上电话之后，她卷着床单跑到浴室里，坐在马桶上哀哀痛哭。她不是一直爱着他的吗？她从没想过自己能够背叛他；而且，在另一个男人的床上时，仍然那么镇定地回应他的思念。她不能原谅自己。每一段爱情都是有缺口的吧？那个缺口是由什么造成的？也许是由时间造成，也许是由贪婪造成。总之，人后来背叛了自己所爱的人，也背叛了自己。

内疚并没有使她离开余志希，她常常和他在外地偷情。有生以来，她第一次意识到自己完全因为欲念而爱恋着一个男人。她终于明白，那个缺口也是由遗忘造成的。两个人一起的时间太久了，男人不会再赞美女人。然而，新相识的那一个，却会赞美她身上每一个地方，使她深深相信，她还是那么地年轻，她还能够吸引更多的男人。

和余志希在伦敦的那个晚上，他问：

"明天早上和你去逛波特贝露道好吗？"

"不要！"她斩钉截铁地说。

余志希不明白她为什么会拒绝，只有她知道，那是她回忆里的诗情区域，她会尽一切努力去保持它的纯洁。那就正如她不会和余志希在香港上床。那个地方，是留给陈澄域的。这种坚持，也许是愚蠢的；可是，这样会使她好过一点。她没法跟两个男人上同一张床，那会使她太恨自己。

余志希用手指头揉着她的眼睛，问她：

"为什么不肯在香港和我见面？"

有那么一刻，她很想奔向他。经年累月的爱是爱，短暂的爱也是爱；只是，经年累月的爱有更多的安全感。从一开始，她就没打算过要离开陈澄域。

多少次了，当她回到陈澄域身边，她很想告诉他："我有了另一个男人！"仿佛这种坦白能够减轻她的罪疚。然而，她始终没有勇气。

当她从伦敦回来的那个晚上，陈澄域紧紧地搂着她，问："有一天，当我不在了，你最怀念和我一起做的哪些事情？"

她微笑着说："就是和你一起睡呀！"

他问："你会离开我吗？"

"除非你离开我。"她久久地把他抱在怀里。

为什么一个人可以怀着罪疚去背叛自己所爱的人呢？她到底是不明白的。

和余志希的关系，维持了九个月之后结束。在巴黎的那个早上，当她醒过来，余志希仍然在熟睡，睡得很甜。她身边的电话响起来，是陈澄域。

"有没有吵醒你？"他问。

"没有。"

"巴黎昨天有炸弹爆炸。"他说。

"我知道了，幸好没有死伤。"

"你一个人，要小心一点。"他叮嘱。

"不是只有我一个人，"她说，"还有其他同事。"

"不管怎样，要小心呀！我等你回来。"他再一次叮嘱。

放下了电话筒，她转过身去，背对着余志希。是分手的时候了，她再也受不住内疚的煎熬。那个早上，不是良知召唤了她，而是爱情。她还是爱着远方的他多一点。离别已经在她和陈澄域之间上演过不知多少次了，这一次的叮咛，却是撕心裂肺的。漫漫长途终有回归，是时候回家了。

她回到了陈澄域的身边。曾经有过的背叛，使她更清楚地知道谁是一生厮守的人。从今以后，她会专心一意地爱他。那九个月里所发生的一切，他一辈子也不会知道。这样也好，这样的话，他们的爱情才是完美的。

可是，一年之后，她发现陈澄域有了第三者。

一天，她在百货公司里看见他买巧克力。她是从来不吃巧克力的，他买给谁呢？也许，他不过是用来送礼给朋友。可是，从他脸上的神情看来，却像是买给女孩子的。当他抱着巧克力时，他是微笑着的，是满怀情意的。

她走到那个柜台，问卖巧克力的女孩：

"刚才那位先生买的，是哪一种巧克力？"

"哦，是这一种，"女孩指着一盘正方形的、薄薄的巧克力，说，"是 Le 1502。"

女孩问她："小姐，你要不要试一试？这个巧克力很苦的，那位先生也常常来买。"

"是自己吃的吗？"她问。

"这个我倒不知道了。"女孩说。

她也买了一包相同的巧克力。

那天晚上，陈澄域见到那包巧克力的时候，很是诧异。他的神色出卖了他，他从来就不是一个会说谎的人。

"朋友送的。"她说，"你要吃吗？这个巧克力叫 Le 1502。"

他摇了摇头。

果然不是他自己吃的。

那个女人到底是谁呢？这是报应吧？她曾经背叛过他，现在，她得到报应了。当他爱上了别人，她才知道被背叛是多么地难受。这不是报应又是什么？即使结束了那段九个月的关系，也不可以赎罪。

她飞去伦敦的那天早上，陈澄域来送机。离别的那一刻，她问：

"你记不记得我们第一次游伦敦的时候，一起逛波特贝露道？"

他说："怎会不记得？你吃了一大包无花果。那个时候，我心里想：'这个女人真能吃！'"

她问："你会不会离开我？"

他搂着她，说："不会。"

到了伦敦，她一个人回到波特贝露道，买了一束英国红玫瑰。自从陈澄域在这里送过一束花给她之后，每次去到一个城市，她都会买一束当地的花；打个招呼，也留个带不走的纪念。即使是与余志希一起的时候，这个习惯依然没有改变。回想起来，是这个买花的习惯把他们永远连在一起的吧？

在伦敦的那个早上，她打了一通电话给陈澄域，他好像在睡觉，说话的声音也特别小。

"有没有吵醒你？"她问。

"没有。"他说。

曾几何时，当她睡在余志希的身边，陈澄域不也是在遥远的地方问她同一个问题吗？这个时候，他身边是不是也有另一个女人？

如果是报应，可不可以到此为止？她受够折磨了，她知道自己有多么爱他了。

"你会不会离开我？"她凄然问他。

久久的沉默之后，他说："为什么这样问？"

"我害怕有一天会剩下我一个人。"

"不会的。"他说。

她拿着电话筒，所有的悲伤都涌上了心头。她很想问他："你身边是不是有另外一个女人？"

可是，她终究没有问。

她不敢问，怕会成为事实。万一他回答说："是的，我爱上了别人。"那怎么办？装作不知道的话，也许还有转变的余地。她不是也曾经背叛过他吗？最后也回到他身边了。当他倦了，他会回家的。

回到香港的那个下午，她去了陈澄域的家，发觉他换过了一条床单。几天前才换过的床单，为什么要再换一次呢？而且，他是从来不会自己换床单的。她像个疯妇似的，到处找那条床单，最后，她找到一张洗衣店的发票，床单是昨天拿去洗的。

床单是给另一个女人弄脏的吧？陈澄域太可恶了！他怎能够跟两个女人上同一张床？这张床是他们神圣的诗情区域，他怎么可以那样践踏？

她很想揭穿他。可是，她跟自己说：要冷静一点，再冷静一点。一旦揭穿了他，也许就会失去他。一起这么多年了，她不能够想象没有他的日子，她不想把他送到另一个女人手上。

她曾经背叛他，现在，他也背叛她一次，不是打成平手吗？

陈澄域回来的时候，她扑到他身上，手里拿着在波特贝露道上买的红玫瑰。他接住了她整个人。

"你干什么？"他给她吓了一跳。

她说："你不是说过，每次去到一个城市，该买一束当地的花，打个招呼，也留个带不走的纪念吗？这是伦敦的玫瑰。"

"可是，那束花是不应该带回来的。"他说。

"这次是不一样的。"她说。

"为什么？"

"因为是用来向你求婚的。"她望着他眼睛的深处，问，"你可以娶我吗？"

他呆在那里。

"不要离开我。"她说。

她在他眼里看到了一种无法言表的爱，她放心了。她拉开了他的外套，他把她抱到床上。她扯开了那条床单，骑着他驰进了永恒的国度。那里，遗忘了背叛与谎言，只有原谅和原谅。

她知道他终于离开那个女人了。他现在是完全属于她的，再没有什么事情可以把他们分开。

一天，她在书店里遇到余志希。

"很久不见了。"他说。

"嗯。"

沉默了一阵之后，她终于说：

"我结婚了。"

"恭喜你。"余志希说。

"去喝杯咖啡吗？旁边有家 Starbucks。"他问。

"不了。"她说。

余志希尴尬地说："我没有别的意思。"

她微笑着说："我也没有。"

那个时候，为什么会爱上余志希呢？那个爱情的缺口，已经永远修补了。

当她以为一切都是那么美好的时候，报应又来了。那天晚上，她一个人在家里，陈澄域说好了大概十二点钟回来。十一点十五分的时候，她打电话到办公室给他，他说差不多可以走了。

"有没有想念我？"她问。

陈澄域笑着说："当然没有。"

"真的没有？"

"嗯。"

"哼，那么，你不要回来。"

"你不想见到我吗？"

"不想。"

"但我想见你。"他说。

她笑了："但我不想见你。"

过了十二点钟，陈澄域还没有回来，他老是有做不完的工作。她拧开了收音机，她每晚都听夏心桔的节目。那天晚上，一个女孩子在节目里用钢琴弹 Dan Fogelberg 的 *Longer*，悠长动听。

两点钟了，陈澄域为什么还没有回来呢？然后，她听到了电台的新闻报道。陈澄域的车子失事冲到海里。家里的电话响了起来，她双手颤抖。她背叛了自己所爱的人一次，可是，上帝竟然惩罚她两次。一次的背叛，还有一次的永别。太不公平了。

是不是因为她把从波特贝露道买的玫瑰带了回来？陈澄域说，那是个不该带走的纪念。她带走了，纪念变成诅咒。

她曾经想过她和陈澄域也许会分开，那是因为她爱上了别人，他也爱上了别人。她只是没有想到是死亡把他们永远分开了。而她跟他说的最后一句话竟然是：我不想见你。她多么恨她自己！

现在，她读着他的日记，泪流满面。她在一本旧的日记里发现这一篇：

　　　　我爱她比我自己所以为的多太多了。明知道她爱

上别人，我却一直装作不知道，甚至没有勇气去揭穿

她的谎言。

当她在另一个城市里，她是睡在另一个男人的身旁吧？

很想放弃了，每次看到她的时候，却又只想原谅和忘记。

等着她觉悟，等着她回来我身边，天知道那些日子有多么难熬。

她曾经以为自己的谎言无懈可击，原来，只是他假装不知道。他后来爱上了另一个女人，也是报复吧？

上帝有多么残忍？他不是惩罚她两次；当她找到这本日记，便是第三次的惩罚，也是最重的一次。

Channel A
第 六 章

小说或电影里，
老是把童年邂逅的恋情写得天长地久，
好像是此生注定的。
现实里，人长大了，
却是会变心的。

午夜里，关雅瑶光着身子，坐在钢琴前面，弹着 Dan Fogelberg 的 *Longer*。

天长地久，本来便是一支哀歌。

她的钢琴是自学的。心情好的时候，弹得好一点，心情坏的时候，弹得糟糕一些。忽然之间，她听到楼下传来长笛的声音，悲切如泣。是谁为她伴奏呢？不可能是郑逸之，他已经不会再回来了。

她的手停留在琴键上，唤回了一些美好的记忆。所有的童年往事，都是美丽的。无论长大之后有多么不如意，童年的日子，是人生里最快活的回忆。

那个时候，她和郑逸之是小学六年级的同学。他是学校长笛班的，她看过他在台上表演。郑逸之脸上永远挂着羞怯的神情。他长得特别地高，特别地白，使他在一群男孩子之中显得分外出众。他们是同班的，可是他从来没有主动跟她聊天。她暗暗地喜欢了他，每天都刻意打扮得漂漂亮亮才上学。他却似乎一点也没有留意。

一天放学后，她悄悄跟踪他。那天下着微雨，郑逸之住在元朗，离学校很远，看着他走进屋子之后，她笨笨地站在外面，她还是头一次跟踪别人呢！那时并不觉得自己傻。喜欢了一个人，又不敢向他表白，那么，只好偷偷地走在他的影子后面，那样也是愉快的。

当她决定回家时，才发现身上的钱包不见了。她想起刚才在路上给一个中年女人撞了满怀，没想到那人是个扒手。

天黑了，雨愈下愈大。从元朗走路回家，根本是不可能的。她唯有硬着头皮敲了郑逸之家的门。

走出来开门的是郑逸之，看到了她，他愣了一下。

"关雅瑶，你在这里干什么？"

"你可以借钱给我坐车回家吗？"她说。

"你要多少？"

"从这里去香港，要多少钱？"

"大概十块钱吧。"

"那你借十块钱给我。"

"你等一下。"

他走进屋里，拿了十块钱给她。

"我会还给你的。"她说。

当她正要离去的时候，他在后面说：

"你等一下。"

他往屋里跑，不一会儿，他走出来了，手里拿着一把雨伞，递给了她。

她尴尬得想哭，拿了他手上的雨伞，转身便跑。跟踪别人，最后竟然沦落到要向被自己跟踪的人借钱回家，有什么比这更难堪呢？

小学毕业之后，她和郑逸之各奔东西。那段轻轻的暗恋不过是年少日子里一段小插曲；直到他们长大之后重遇，插曲才变成了哀歌。

假使她爱恋着的一直都是他，那并不会是哀歌。可惜，在他们重逢之前，她已经爱上了另一个人，她已经差点忘记他了。小说或电影里，老是把童年邂逅的恋情写得天长地久，好像是此生注定的。现实里，人长大了，却是会变心的。

他们在一家书店里重遇的时候，郑逸之长得更高了。

"你还欠我一把雨伞和十块钱！"他笑着说。

他已经由一个羞涩的男孩变成一个可亲的故人。跟踪他回家的第二天，暑假便开始了，她一直没有机会把钱还给他。

"我请你吃饭好了。"她说。

"你只是欠我十块钱！"

"那是十几年前的十块钱呢！你现在有空吗？听说附近有家意大利餐厅很不错。"

"那我不客气了！"

两个人在餐厅里坐下来之后。她问郑逸之："你还玩长笛吗？"

"没有了。长大之后，兴趣也改变了。"

"还以为你会成为长笛手呢！"

"我没有这种天分。"

"虽然没有天分，我也开始弹钢琴呢！"

"是第几级？"

"是自己对着琴谱乱弹的，并没有去上课。"

"你还是像从前一样任性。"

"我从前很任性吗？"

"小学时的你，好像不太理会别人的，自己喜欢怎样便怎样。"

"原来你一直也有留意我啊！还以为只有我留意你。"

"那天你为什么会在我家外面出现？"

"放学之后，我跟踪你回家。"时隔这么多年，她也不怕坦白承认。

"你为什么跟踪我？"

"那时我暗恋你。"

郑逸之笑了："我有这么荣幸吗？"

"都是因为跟踪你，结果遇上扒手。你把雨伞借给我，是不是你也暗恋我呢？"

"也许是吧！你小时的样子很可爱。"

"那时候为什么会暗恋别人呢？暗恋和单恋，都是自虐。"她感触地说。

"少年的暗恋，是最悠长的暗恋。"他说。

她已经忘了郑逸之，他却一直没有忘记她。因为童年的那段历史，他们成了亲密的朋友。他更爱上了她。

少年的暗恋，是悠长而轻盈的。成年之后的暗恋，却是漫长而苦涩的。她暗恋的，是余志希。第一眼见到余志希，她便爱上了他。与其说是爱，不如说是崇拜更为贴切一些。崇拜比爱更严重。爱一个人，是会要求回报的，是希望他也爱你的。崇拜一个人，却是无底的，能够为他永远付出和等待。少年的崇拜，也同时是崇高的。成年以后的崇拜，却是卑微的。

余志希并不是常常在香港。一个月里，他几乎有一半的时间不在香港。他不在的时候，她那半个月的日子也是空的。他从来没有承诺一些什么。有时候，他们只是吃饭和上床的情人。她一向自命是个时代女性。男女之间，不过是一种关系，而不是感情。关系是潇洒的，感情却是负担。可是，她压根儿便不是这种女人，那只是她无可奈何的选择。

那天晚上，余志希从西班牙回来。她本来约了郑逸之看电影，接到余志希的电话之后，她立刻找个借口推掉了郑逸之。

余志希对她，也是有感情的吧？那天，他用舌头舔她的脸和头发，把她舔得湿漉漉的，像一只小狗。她问他：

"这一次，也是和那个空中小姐一起吗？"

他没有回答。

"为什么她从来不在香港跟你见面，是因为她有男朋友吗？"

他用舌头舔她的嘴巴，不让她说话。

"我有什么不好？"她哽咽着问他。

"你没有什么不好。"他说。

"那为什么我永远是后备？是不是她比我漂亮？"

他舐了舐她的耳朵，说："你很好，你太完美了。"

"是吗？"她难过地问。

"嗯。"他舐她的脖子。

她脱下了胸罩，坐在他身上，用胸部抵着他的胸口，仿佛只有这样才能够缩短他们之间的距离。然而，无论她怎么努力，他和她，却是关山之遥。

她只是他永远的后备。完美，是一种罪过。有多完美，便有多痛苦。

她也有一个永远的后备。那个人也是近乎崇拜地，永远在等她。

最初的日子，她曾经坦白地告诉郑逸之：

"我是一个男人的后备。"

"他说我太完美了，所以不能爱我。你说呢？"她问。

"那他也不应该跟你上床。"他有点生气，是替她不值。

后来，她看得出他愈来愈忌妒，便也不再提起余志希。那是他们两个人之间的一个气球，谁也不想戳破。一旦戳破了，便只剩下两个同病相怜的人。

可是，她比余志希更残忍。余志希还是会疼她的。她对郑逸之，却任性得很。既然知道这个男人永远守候，那么，她也不在乎他。什么时候，只要余志希找她，她便会立刻撇下他。她的时间表，是为余志希而设的。

郑逸之生日的那天晚上，她在那家意大利餐厅预先订了一个生日蛋糕。两个人差不多吃完主菜的时候，她的手机响起，是余志希打来的，他想见她。

"我现在没有空。"她把电话挂上了。

"有朋友找你吗？"郑逸之问。

"没什么。"她说。

可是，挂断电话之后，她又后悔了。她看着郑逸之，她喜欢他吗？她十一岁的时候是喜欢过他的，往事已经太遥远了。他坐在她面前，唾手可得；她牵挂的，却是电话那一头的男人。

她急急地把面前的鲈鱼吃掉，期望这顿晚饭快点结束，那么，她还赶得及去余志希那里。郑逸之在跟她说话，她的魂魄却已经飞走了。

服务生把一个点了蜡烛的蛋糕拿上来。郑逸之没想到会有一个蛋糕。

"很漂亮！"他说。

"快点许个愿吧！"

"许个什么愿呢？"他在犹豫。

她偷偷看了看手表，又催促他：

"还不许愿？蜡烛都快烧光了。"

他平日很爽快，这天却偏偏婆婆妈妈的，把她急死。

"想到了！"他终于说。

"太好了！"

还没等他闭上眼睛许愿，她已经迫不及待把蛋糕上的蜡烛吹熄。烛光熄灭了，他怔怔地望着她，不知道是难堪还是难过，一双眼睛都红了。

"如果你有事，你先走吧！"郑逸之说。

"不，我只是以为你正要把蜡烛吹熄。"她撒谎。

可是，谁都听得出那是个谎言。

他们默默无语地吃完那个蛋糕，然后他说："时间不早了，我送你回家吧。"

回家之后，她匆匆地换了衣服出去，跑到余志希那里。她拍门拍了很久，没有人来应门。余志希跟郑逸之不一样，他是不会永远等她的。她不来，他也许还有第三、甚至第四个后备。

她一个人，荒凉地离开那个地方。她是多么差劲的一个人！她破坏了别人的快乐生日；那个男人，且是那样爱她的。

她来到郑逸之的家里拍门。他来开门。看见了她，他有点愕然，也有点难过。

她说："你可以借钱给我坐车回家吗？"

十一岁那年，她不也是在他的家门外问他借钱回家吗？

他本来不想再见她了，看到了她，又怜惜了起来。

"你要多少钱？"他问。

"从这里到香港要多少钱？"

他笑了。她扑到他怀里哽咽着说：

"对不起，我并不想这样。"

"没关系。"他安慰她。

"你为什么对我那样好呢？很多人比我好呀！很快你便会发觉，我并不值得。我一点也不完美。"

郑逸之抱着她，俯吻着她的嘴唇。可是，她心里惦念着的却是那个不爱她的男人。

"对不起，我不可以。"她哭着说。

她在他眼里觉出一种悲伤的绝望。

她从来不相信命运，可现在她有点相信了。她成为别人的后备，又有另一个人成为她的后备。后备也有后备。余志希何尝不是那位空中小姐的后备？

第二天，她回到余志希那里。

"你昨天跟朋友一起吗？"他问。

她笑了笑："你不是忌妒吧？"

他什么也没说。她真是太一厢情愿了，他怎会忌妒呢？

"明天可以陪我吗？"她问。

"我明天晚上要去伦敦。"

"哦，是吗？

"如果我说，明天之后，我们不再见面了，你舍得吗？"

余志希一边脱下她身上的衣服，一边问：

"你不想再见我吗？"

"你可以寄人篱下，但我也许不可以了。"她咬着牙说。

他用力地亲吻她的胸部，好像是要她回心转意，却更像为自己寄人篱下而悲鸣。他们何尝不是两个同病相怜的人？她忽然原谅了他。

两天之后，她也去了伦敦，就跟余志希住在同一幢酒店里。上一次跟踪别人，是十一岁的时候，那种跟踪是快乐的。今天的跟踪，却是迷惘的。为什么要来呢？她自己也不知道。

那天晚上，她跟踪余志希和那个空中小姐去唐人街。前面的两个人，亲热地走着；后面的她，落寞地跟着。她看到那个女人在一个卖花的摊子前面停下来，买了一束红玫瑰。

周五晚上的唐人街，人头涌动，她已经拼命地跟着他们，最后却失去了他们的踪影。她像个疯妇似的四处去找，最后又回到那个卖花的摊子前面。黑夜里，只有她空茫茫地无处可去。她跟踪的伎俩，也真的只是个后备的货色。

一转身，她看见余志希和那个女人坐在一家中餐馆里面。她站在对面的人行道上，看着餐厅里的那两个人。余志希说话的时候，常常温柔地轻抚那个女人的脸。他对她，却从来不会这样。他何曾爱过她呢？

他说没法爱她的理由是她太完美。这是她永不相信的谎言。

所有的完美，不过是相对的。她爱他，他不爱她，这便是相对。不被他爱的她，可怜地完美。被她所爱的他，骄傲地不完美。

她才不要完美。若能被他所爱，百孔千疮又何妨？可是，他却说她太完美。

看到那个不完美的他再一次抚摸女人的面颊，她终于舍得走了。在遥远的香港，还有一个男人永远守候着她。

她没有想到，连他也会走。

回去之后，她打了一通电话给郑逸之。

"陪我吃饭好吗？"她问。

电话那一头的他，却沉默了。

"你没时间吗？那算了！"她把电话挂断。她一向是这样对他的。

几天之后，她又找他。

"你不想见我吗？"她骄傲地问。

"好吧。"他说。

他们在那家意大利餐厅见面。她刻意打扮得漂漂亮亮，她害怕连他也失去。

郑逸之就坐在她跟前，可是，他的眼睛深处，再没有从前那份恭敬和渴望。离开餐厅之后，她故意跟他挨得很近，他却无动于衷。终于来到她的家了。她首先说：

"你要进来吗？"

"不要了，我明天还要上班。"他说。

刹那间，她方寸大乱，也顾不了尊严，就问他：

"你这是什么意思？"

"没有别的意思。"

"我已经离开余志希了。"她说。

他并没有高兴的神情。

她终于问："你不爱我了吗？"

沉默了良久，最后，他说：

"那个时间已经过去了。"

"什么时间？"她问。

他低下头，没有回答。她和他，顷刻间，也是关山之遥了。

午夜里，她光着身子坐在钢琴前面，拿起电话筒，接通了夏心桔的 Channel A。

"我想用钢琴弹一支歌。"她说。

"我们的节目没有这个先例。"夏心桔说。

"我要弹的是 Dan Fogelberg 的 *Longer*。"

郑逸之会听到吗？他们在书店里重逢的那天，书店便是播着这首歌。他离去的日子愈长，她的思念和懊悔也愈多。他说那个时间已经过去了，说的其实是时限吧？当她首先把生日蛋糕上的蜡烛吹熄，也同时是把他所有的期待熄灭。

十一岁那年的爱，已经永逝不回了。

Channel A

第 七 章

假如永远不再见，
她不会后悔得那么厉害。
离开了一个男人，
最好也不要再回头。

夜已深了，罗曼丽抱着电话机躺在床上，不知道好不好打出这个电话。她和梁正为分开三年了。今天晚上，她撕心裂肺地想念着他，很想听听他的声音，很想知道他现在的生活。

分手三年后，突然打电话给旧情人，他会怎样想呢？他会不会已经爱上了另一个女人？她该用什么借口找他？

三年了，那些甜美的回忆穿过多少岁月在她心中飘荡？她翻过身子去，把电话机压在肚子下面。她很想念他，却又害怕找他。她为什么要害怕呢？三年前，是她提出分手的。既然是她要走，现在打一通电话给他，并不会难为情。然而，跟他说些什么好呢？

她昨天跟程立桥分手了。她一点也不难过。程立桥是不错的，可是，拿他跟梁正为比较，他便有很多缺点。近来有好几次，当他深入她的身体，她都闭上眼睛不望他。她知道，她已经不爱他了。

但她不想告诉梁正为这些。她不想让他知道她有一丝的后悔。

她拧开收音机，刚好听到夏心桔主持的 Channel A。一个女人打电话到节目里问夏心桔：

"假如一个男人和你一起一年零十个月了，他还是不愿意公开承认你是他的女朋友，那代表什么？"

夏心桔反问她："你说这代表什么？"

女人忧郁地笑了笑，回答说：

"他不爱我。"

是的，当你不爱一个人，你一点也不想承认他和你的关系。她跟程立桥一起十一个月了，她一开始就不想承认她和他的关系，她知道自己很快便会离开他。有些男人，你说不出他有什么不好，可是，你就是没有办法爱上他。当时寂寞，他只是一个暂时的抱枕。

Dan Fogelberg 的 *Longer* 在空气中飘荡，她拿起了话筒，拨出梁正为的电话号码。电话那一头，传来他的声音。

"你好吗？"她战战兢兢地问。

"是曼丽吗？"

他还记得她的声音。

"没什么，只是问候一下你罢了。"她说。

"你好吗？"

他充满关怀的声音鼓舞了她。

"你什么时候有空，我们或许可以吃一顿饭。"她说。

"哪一天都可以。"他说。

"那明天吧。"

挂上电话之后，她从床上跳到地上，把衣柜里的衣服全都翻了出来。明天该穿什么衣服呢？该穿得性感一点还是不要太刻意呢？三年来，她胖了一点，现在已经来不及减肥了。她站在镜子前面端详自己，她比三年前老了一点，但也比三年前会打扮。这些岁月的痕迹，梁正为不一定看得出来。

明天，她要以最美丽的状态跟他再见。她要在他心里唤回美好的回忆。

刚才他的声音那样温柔，也许，他同样怀念着她，只是他没勇气找她罢了。

第二天晚上，她穿了一条性感的大领裙子赴约。梁正为看起来成熟了一点，也变得好看了。

三年不见，他现在有了属于自己的房子，他的事业也很成功。而她自己，却没有多大进步。

她的工作不得意，感情生活更不消提了。

看到梁正为现在活得这么好，她有点不甘心。当时为什么要放弃他呢？她太笨了。

"有女朋友吗？"她微笑着问他。

梁正为笑笑摇了摇头。

太好了，他跟她一样，还是一个人。

"三年也没谈恋爱，太难令人相信了。"她说。

"要爱上一个人，一点都不容易。"他说。

她点了点头："是的。"

她最明白不过了。

三年前，她二十六岁，他二十九岁。他们同居了四年。她很想和他结婚。可是，每一次当她向他暗示，他总是拖拖拉拉，她终于认真地说：

"我想结婚。"

一次又一次，梁正为都推搪。

"你是不是不想和我结婚？"她质问他。

"我们都已经住在一起了，跟结婚有什么分别？"他说。

"假如你爱我，你是会娶我的。你不够爱我。"

是的，他不够爱她，他还不愿意为她割舍自由。

梁正为解释说，他还有很多梦想。

她并不认为婚姻和梦想不可以并存，这不过是借口。

一天，她跟梁正为说："不结婚的话，我们分手吧。"

她马上就收拾了行李搬走。她满怀信心地以为，为了把她留在身边，梁正为会屈服。可惜，她错了，他并没有请求她回去。这一局，她赌输了。

既然她走了出来，又怎可以厚着脸皮回去呢？

三年来，她谈过几段恋爱，百转千回，她才知道自己最爱的是梁正为。他留在她心中的回忆，没有任何一个男人可以取代。从二十二岁到二十六岁这段美好的时光，她和他一起成长。她竟然为了一时之气而放弃了他。她一天比一天后悔。她那时候太自私了。假如她爱他，她不应该逼他结婚。

"我可以去参观你的房子吗？"她问。

"当然可以。"

梁正为把她带回家。罗曼丽以前送给他的一盏小灯，仍旧放在他床边。那是他二十七岁生日时，她买给他的。她很喜欢那盏灯。那个波浪形玻璃灯罩下面，是一个金属的圆形灯座，这个灯座便是开关，随便按在哪一处，灯便会亮。梁正为喜欢在跟她做爱的时候把灯亮着。温柔的光，映照在他和她的脸上，她爱张开眼睛望着他，这样她会觉得很幸福。

床边的小灯亮着，他还没有忘记她吧？

三年了，他们再一次拥抱和接吻，他深入她的身体。她张开眼睛凝望着他，沉湎在他的温柔之中。

她希望他重新追求她。她不要再寻觅了。

那天午夜，她爬起床，说："我回家了。"

"我送你回去。"

"不用了。"

她潇洒地离开。她想把这一次甜美的重聚当作一次偶然。也许，梁正为比她更后悔当时太不珍惜。为了尊严，她不会主动。

第二天，梁正为约了她下班后在酒吧见面。他没有提起昨天晚上的事。她失望透了。也许，昨晚对他来说，也只是个偶然。旧梦重温，只是因为当时寂寞。

既然梁正为不再爱她，为什么仍旧把她送的灯放在床边？也许，他不是不爱她，他只是害怕她又要他结婚。

"那时候我真是自私。"她说。

"嗯?"他不明白。

"关于结婚的事——"

"我也很自私。"他抱歉地说。

"我现在一点也不想结婚。"

"为什么?"

她笑了:"我已经过了很想结婚的年纪。"

她并没有说谎。这些年来,她对婚姻已经失去了憧憬。那时她为什么想结婚呢?她要用婚姻来肯定他对她的爱。他愈是反抗,她愈要坚持,甚至不惜决裂。

"假如我们当时结了婚,不知道现在会变成怎样?"她说。

梁正为笑笑没有回答。

她望着他,那些美好的日子千百次重复在她心里回荡,她真蠢!那时为什么要离开他呢?她不会再放手。

以后的每一天,她常常在夜里跟他通电话,向他诉说工作上的不如意。有一两次,她刻意告诉他,有几个不错的男人对她有点意思。

有时候，她会在下班之后找梁正为一起吃饭。他总是乐意陪伴她。他仍然是关心她的。她重温着和他恋爱的日子。他们现在甚至比从前要好一些。他们可以坦率地交换意见。从前，当他的意见跟她不一样，当他不肯迁就她，她便会向他发脾气。

她自恃漂亮，以为他会永远俯伏在她跟前。原来是不会的。

今天晚上，他们去看电影。从电影院出来，她的手穿过梁正为的臂弯，头幸福地搁在他的肩膀上。

"去你家好吗？"她问。

"曼丽，我们不能再像从前一样了。"他松开了手说。

"为什么？你不是很爱我的吗？是我要离开你的。"她骄傲地说。

"我们已经分手了，不再是情侣。"他解释。

"那你为什么还把我送给你的灯放在床边？"

"和你一起的日子，的确很美好。"

"那为什么不可以再开始？"

"你会找到一个比我好的男人。"

她用双手掩着耳朵："我不要听！你曾经答应过你会永远保护我的。"

"我仍然会这样做。"

她忽然问他："你是不是在向我报复？"

梁正为不知道怎样说才会使她明白。他曾经深深地爱着她。当她提出要结婚时，他也曾经认真地想过为她割舍自由。当她离家出走，他却忽然如释重负。她说得对，他不想结婚，或许是他不够爱她吧。

三年了，他和她并没有一起成长。他偶尔会想起她，希望她过得快乐。然而，他对她的爱已经随着岁月消逝。重聚的那天，他更清楚地知道，爱她的感觉已经远远一去不回了。她突然再找他，他知道她的日子一定过得不太快乐。他觉得对不起她。假如当时他愿意和她结婚，现在也许会不一样。她是他爱过的女人，他很乐意照顾她，但他不想占她便宜或者耽误她的青春。何况，他心里已经有了另一个女人。

电话的铃声响起，是那个女人找他。

"你明天晚上有空吗？我想去吃意大利菜。"

"意大利菜？好的。"他愉快地说。

"那么，明天见。"

"明天见。"

"是谁找你？"罗曼丽问。

"朋友罢了。"

"是女孩子吗？"

"是的。"

"你不是说没有女朋友的吗？"她心里充满忌妒。

"她的确不是我女朋友。"梁正为忧郁地笑了笑。

她明白了。刚才他讲电话的时候，神情是多么地温柔，电话那一头的女人，一定是个很特别的女人。

回家的路上，她痛苦地责备自己。是她不要他的，她现在又凭什么忌妒呢？

她听梁正为提起过有一家意大利餐厅的水准很不错，并说改天要带她去。他和那个女人想必是去那里吃意大利菜了。她要看看她是什么样的女人。

第二天晚上，她故意约了李思洛、林康悦和杨仪玉几个旧同学在那家意大利餐厅吃饭。打电话去预留桌子的时候，她已经打听过了。果然有一位梁先生预留了一张两个人的桌子。

她穿得漂漂亮亮地出现，假装意外地碰到梁正为。他和一个年轻的女人在那里吃饭，女人有一张漂亮的脸。如果这个女人长得不漂亮，她也许还好过一点。她长得漂亮反而让她痛苦。她故意走过去他们那张桌子打招呼。

梁正为尴尬地为她们介绍。

那个女人的名字很奇怪，叫夏桑菊。

"听起来像凉茶。"她说。

"是的。"夏桑菊说。

"我是梁正为以前的女朋友。"她搭着梁正为的肩膀说。

"能够跟旧情人做朋友，真是难得。"夏桑菊的声音充满了羡慕。

"是的，我也这样想。"她说。

她回到自己的桌子，偶尔朝他们看看。他们看起来的确不像情人，可是，她讨厌看到梁正为痴情的眼神。他好像一厢情愿地爱着那个女人。

第二天，她约了梁正为下班后在酒吧见面。

"那天是不是吓了你一跳？"她问。

"也不是。"梁正为说。

"你是不是很喜欢她？"

梁正为深深叹了一口气："她仍然爱着已经分了手的男朋友。"

"她不爱你？"她故意刺伤他。

沉默了片刻，他说：

"可不可以不要提她？"

"你不想再和我一起，就是为了一个不爱你的女人？"

"你不要再这样好吗？你不要再管我！"他有点不耐烦。

"是的，我无权再管你！"她的眼睛湿了。

"你到底明不明白的？"

她笑了："你现在倒转过来拒绝我吗？你不要忘记，是我首先不要你的！"

"那你为什么又要回来？"

她的眼泪几乎涌了出来。她没法回答这个问题，难道要她亲口承认后悔吗？这一点最后的尊严，她还是有的。

也许，她根本不应该再找他。假如永远不再见，她不会后悔得那么厉害。离开了一个男人，最好也不要再回头。

夏桑菊有什么好呢？他宁愿爱着一个不爱他的人，也不愿意回到她身边。不过三年罢了。两个人一起的时候，他曾经说过会永远爱她，现在，他却爱着另一个女人。男人的诺言，还是不要记住的好。记住了，会一辈子不快乐。

后来有一天晚上，她在梁正为的公寓外面等他，然后跟踪他。她没有任何目的，她只想在他后面跟踪他。这是她和他告别的方式，她想把他的背影长留心上。然而，奇怪的事情发生了，她发现梁正为跟踪着夏桑菊。他为什么跟踪夏桑菊呢？

梁正为跟踪夏桑菊到了一幢公寓外面。夏桑菊走进去，他就站在公寓对面一个隐蔽的地方守候。

为了不让他发现，她躲在另一个角落。

到了午夜，夏桑菊从公寓里走出来。她跟几个钟头前进去时的分别很大。几个钟头之前，她打扮得很艳丽。离开的时候，她的上衣穿反了，头发有点乱，口红也没有涂，脸色有点苍白，她一定是和男人上过床了，说不定就是那个已经分了手的男朋友。夏桑菊踏着悲哀的步子走在最前头，梁正为跟在夏桑菊身后，而她自己就跟在梁正为后面。

梁正为是要护送夏桑菊回家吗？

她从来不知道她所认识和爱过的梁正为是一个这么深情的男人。

梁正为一定不知道，当他跟踪自己所爱的女人时，也有一个爱他的女人跟踪他。

她笑了起来，他们三个人不是很可怜也太可悲吗？

重聚的那天晚上，床边的灯亮着，当她张开眼睛望着梁正为的时候，她发现他闭上了眼睛。他和她做爱时，心里是想着另一个女人的吧？早知道这样，她宁愿把灯关掉。

昏黄的街灯下，梁正为拖着长长的影子跟踪着夏桑菊，当夏桑菊回家了，他才悲伤地踏上归家的路。她默默地跟在他后面。

灯下的背影，愈来愈远了，告别的时刻，她把心里那盏为重聚而亮起的灯也关掉。

Channel A

第 八 章

也许，当一个人愿意承认爱情已经消逝，
她便会清醒过来。

夏桑菊一直觉得自己的名字有点怪。有一种即冲的凉茶就叫"夏桑菊"。她有一个姐姐，名叫夏心桔，她比较喜欢姐姐的名字。她自己的名字，太像清热降火的凉茶了。然而，从某天开始，她发现"夏桑菊"这个名字原来是她的爱情命运。她是她爱的那个男人的一帖凉茶。

"我可以留在这里过夜吗？"夏桑菊轻声问睡在她身边的李一愚。

"不行，我今天晚上还有很多工作要做。"李一愚转过身去看看床边的闹钟，说，"快两点钟了，你回去吧。"

"我知道了。"夏桑菊爬到床尾，拾起地上的衣服，坐在床边穿袜子。

"这么晚了，你不用送我回去了。"她一边说一边回头偷看李一愚，期望他会说："我送你回去吧！"

"嗯。"李一愚趴在枕头上睡觉，头也没抬起过。

夏桑菊失望地站起来，拿起放在床边的皮包，看了看他，说："我走了。"

在出租车的车厢里，她刚好听到姐姐主持的节目。

一个二十三岁的女孩打电话到节目里告诉夏心桔，她男朋友已经五个月没碰过她了。他是不是不再爱她？她在电话那一头哭起来，一边抽泣一边说：

"我觉得自己像个小怨妇。"

出租车上的女司机搭嘴说：

"五个月也不碰你，当然是不爱你了。"

"男人肯碰你，你也不能确定他到底爱不爱你。"夏桑菊说。

出租车在夜街上飞驰，小怨妇的抽泣声在车厢里回荡。一年前，她认识了李一愚。他是她朋友的朋友。他们在酒吧里见过一次，他很健谈，说话很风趣。

后来有一天，她又在酒吧里碰到他，李一愚喝了点酒，主动走过来叫她：

"夏枯草！"

她更正他说："不是夏枯草，是夏桑菊。"

他尴尬地笑了笑，说："对不起。"

"没关系，反正夏桑菊和夏枯草都是凉茶。"

他们的故事，也是从凉茶开始。

他爱她爱得疯了。相恋的头两个月，他们在床上的时间比踏在地上的时间还要多。

那个时候，每次做爱之后，李一愚爱缠着她，要她在他家里过夜。

那天晚上，她指着床边的闹钟说：

"快两点钟了，我要回家了。"

李一愚转过身去，把闹钟收进抽屉里，不让她走。

"我希望明天早上张开眼睛，第一个看到的人便是你。"

他说。

她留下来了。

有一天晚上，她不得不回家，因为明天早上要上班，她没有带上班的衣服来，凌晨三点钟，李一愚睁着惺忪的睡眼送她回家。

一起六个月后，一切都改变了。

一天，李一愚告诉她，他对她已经没有那种感觉了。

在这一天之前，他还跟她做爱。他怎么可以这样对她？

"小姐，到了。"出租车停下来，女司机提醒她下车。

夏桑菊付了车费，从车厢里走下来。

她肚子很饿，跑到便利商店里买了一碗牛肉杯面，就在店里狼吞虎咽地吃起来。

今天晚上去找李一愚的时候，她本来想叫他陪她吃饭，他说不想出去，她只好饿着肚子去找他，一直饿到现在。

午夜里一碗暖的杯面，竟比旧情人的脸孔温暖。

分手之后，她一直没办法忘记他。归根究底，是她不够努力，不够努力去忘记他。

一个孤单的晚上，她借着一点酒意打电话给他。

她问他："我来找你好吗？"

也许李一愚当时寂寞吧，他没有拒绝。

她满怀高兴地飞奔到他家里，飞奔到他床上和他睡。

他并没有其他女人。

令她伤心的，正是因为他没有其他女人。他宁愿一个人，
也不愿意继续跟她一起。

她以为只要可以令李一愚重新爱上她的身体，便可以令他
重新爱上她。

然而，那天晚上，当她依偎在他的臂弯里，庆幸自己终于
可以再回到他身边的时候，李一愚轻轻地抽出自己的手臂，对
她说：

"很晚了，你回家吧。"

在他的生活里，她已经变成一个陌生人了。跟男人做爱之
后要自己回家的女人，是最委屈、最没地位的了。

可是，她爱他。每一次，都是她主动到李一愚家里和他睡。然后，身上带着他残余的味道离开。那残余的他的味道，便是安慰奖。

她是一个小怨妇。

他和她睡，应该还是有点爱她的吧？她是这样想的。这样想的时候，她快乐多了。离开便利商店之前，她买了一罐汽水，一路上咕嘟咕嘟地喝起来。

回家之后，她坐在沙发上吃了一大杯冰激凌。她好像是要用吃来折磨一下自己。

"你还没睡吗？"夏心桔回来了。

"我刚才在出租车上听到了那小怨妇的故事。"夏桑菊说。

"是的，可怜的小怨妇。这么晚了，你还吃冰激凌？不怕胖吗？"

"我刚刚从李一愚那里回来。"

"你们不是已经分手了吗？"

"是的。"她无奈地说。

夏桑菊走进浴室里洗澡，夏心桔站在洗脸盆前面刷牙。

"前阵子有一个女人来这里找她的旧情人。"夏心桔说。

"为什么会来这里找？"

"那个人十五年前住在这里。"

"十五年？有人会找十五年前的旧情人吗？那她找到没有？"夏桑菊一边在身上涂肥皂一边问。

"她找到了，而且，她的旧情人并没有忘记她。"夏心桔一边刷牙一边说。

在莲蓬头下面洗澡的夏桑菊，听不清楚夏心桔最后说的一句话，也没有追问下去。她并不关心那个女人能不能找到十五年前的旧情人。她希望她找不到。她讨厌所有美丽的爱情故事。她不再相信爱情。

"你还在跟梁正为约会吗？"夏心桔一边脱衣服一边问夏桑菊。

"非常寂寞，又找不到人陪我的时候，我会找他，而这些日子，一个星期总会有两天。"夏桑菊围着毛巾从浴缸走出来，站在洗脸盆前面刷牙。

夏心桔站在浴缸里洗澡。她一边拉上浴帘一边问夏桑菊：

"他有机会吗？"

"我不爱他。我也想爱上他，他对我很好。"

"就是呀，女人都需要一些誓死效忠的追随者。"夏心桔一边擦背一边说。

"是的，但她会时刻提醒自己绝对不能对这些誓死效忠的追随者心软。"夏桑菊一边刷牙一边说。

"你说什么？"浴缸里的夏心桔听不清楚。

"没什么。"夏桑菊用毛巾把脸抹干净，然后在身上擦上香水。李一愚留在她身上的气味已经消失了，只能放在回忆里。

这天晚上，她很寂寞，所以，她跟她的誓死追随者梁正为去吃意大利菜。

"你今天很漂亮。"梁正为说。

"我真的漂亮吗？"

"嗯。"

"哪个地方最漂亮？不要说是我的内心，我会恨你一辈子的。"她笑笑说。

"你的眼睛和嘴巴都漂亮。"

"你觉得我的嘴巴很漂亮吗？"

"是的。"

"是不是男人一看见就想跟我接吻的一种嘴巴？"

"大概是的。"

"那么我的身材好吗？"

梁正为微笑着，反问她："你想知道吗？"

"嗯。"

"不是十分好，但已经很好。"

"是不是很性感？"

"是的。"

她凝望着梁正为，凄然问他：

"是不是男人都只想和我上床，不想爱我？"

"别胡说了。"

"我是个可爱的女人吗？"

"是的，你很可爱。"

"谢谢你。"她笑了起来。

誓死效忠的追随者就有这个好处。当一个女人需要自信心的时候，她可以在他那里找到。当她失去尊严的时候，她也可以在他那里得到。

被一个男人亏待的时候，她需要另一个男人把她捧到天上，作为一种补偿。

"这个星期天，你有空吗？你说过想学滑水，我问朋友借了一艘船，我们可以出海。"梁正为问她。

"不行，这个星期天不行。"她说。

"没关系。"他失望地说。

这个星期天，她约了李一愚。他叫她晚上八点钟到他家。

她八点钟就来到，李一愚还没有回家。他家里的钥匙，她在分手的那一天就还给他了。她只好站在门外等他。

十一点钟，他还没有回来。她不敢打电话给他，怕他会叫她回家。

十一点四十五分的时候，李一愚回来了。看到她坐在门外，他有点愕然，他忘记约了她。

"你回来了。"她站起来乏力地用手撑着门说。

李一愚搂着她进屋里去。

缠绵的时候，她问他：

"你是不是不爱我了？"

他跪在她胯下，温柔地替她拨开沾在嘴角上的发丝，说："我想你幸福。"

"我的幸福就是跟你一起。"她抓住他的胳膊说。

他用舌头久久地给她快乐。

她早就知道，他还是爱她的。

凌晨两点钟，他说："要我送你回家吗？"

"你不想我留在这里吗？"她几乎要呜咽。

"听话吧，你明天还要上班。"他哄她。

她不想他讨厌自己，而且，他也是为她好的。她爬起来，坐在床边穿袜子。

"我自己回去就可以了，你明天还要上班，你睡吧。"她趴在他身上，抱了他一会儿。

回到家里，她钻进夏心桔的被窝里。

"你干吗跑到我的床上来？"夏心桔问。

"今天晚上，我不想一个人睡。"她搂着夏心桔，告诉她，"他说，他想我幸福，你相信吗？"

夏心桔并没有回答她。她好像在跟自己说话。

她向着天花板微笑，她是相信的。她带着他的味道，努力地、甜蜜地睡着。朦胧之中，她听到夏心桔转过身来，问她：

"他会不会是一时的良心发现？"

过了两天，她打电话给李一愚，问他："我们今天晚上可以见面吗？"

"嗯。"电话那一头的他，语气很平淡。

"我们去吃意大利菜好吗？"

"不行，我约了朋友吃饭。"

"哦，好吧，那我十点半来你家，到时见。"

她满肚子的委屈。她讨厌每一次和他见面都只是上床。

她十一点三十分才来到他家里。她是故意迟到的。她用迟到来挽回一点点的自尊。她享受着他的爱抚，等待他真心的忏悔，可是，他什么也没有说。

做爱之后，她爬起来去洗澡。她在浴室里，跟躺在床上的李一愚说：

"今天晚上，我想留下来。"

"不行。"

"我不想一个人回家。"她坚持。

"那我送你回去。"

"我明天再走可以吗？"

"你回家吧。"

她气冲冲地从浴室里走出来，问他："你为什么一定要我走？"

"我想一个人静一静——"李一愚爬起床，走进浴室，关起门小便。

她冲进浴室里，看着他小便。

"你进来干吗？"他连忙提起裤子，好像觉得隐私被侵犯了。

"我又不是没见过你小便。"她偏要站在那里看着他。

"够了够了，我们根本不可能像从前一样。"他走出浴室。

"那你为什么还要和我睡？"她呜咽着问他。

"是你自己要来的。"

她一时答不上。是的，是她自己要来的，李一愚并没有邀请她来。

夏心桔说得对，那天晚上，他只是一时的良心发现，才会说出那种话。她是那么爱他，那么可怜，主动来满足他的性欲。他良心发现，但他早就已经不爱她了，不能容忍她任何的要求。

她，夏桑菊，名副其实是一帖凉茶，定期来为这个男人清热降火。

李一愚的公寓对面，有一幢小酒店。从他家里出来，她在酒店里租了一个房间。她说过今天晚上不想一个人回家，她是真心的。

她要了一个可以看到他家里的房间。她站在窗前，看到他家里的灯已经关掉。他一定睡得很甜吧？他心里没有牵挂任何人。

她打电话给梁正为，告诉他，她在酒店里。

她坐在窗前，梁正为蹲在她跟前，问她：

"有什么事吗？"

"没有。"她微笑着说。

她痴痴地望着李一愚那扇漆黑的窗子。

"李一愚就住在对面，是吗？"梁正为问她。

"你怎会知道？"

"我跟踪过你好几次。"

她吓了一跳，骂他："你竟然跟踪别人？你真是缺德！"

"他每次都让你三更半夜一个人回家。"

"关你什么事！你为什么跟踪我？"

"我也不知道为什么。也许，我想陪你回家吧。"

梁正为颓然坐在地上。

她深深地吸了一口气，望着这个坐在她跟前的男人，悲伤地说："我真的希望我能够爱上你。"

"不，永远不要委屈你自己。"梁正为微笑着说。

那一刻，她不禁流下泪来，不过是咫尺之隔，竟是天国与地狱。对面的那个男人，让她受尽委屈；她跟前的这个男人，却是这么爱她，舍不得让她受半点委屈。多少个夜晚，他默默地走在她身后，陪她回家。

她抱着他的头，用来温暖她的心。

房间里的收音机，正播放着夏心桔主持的晚间节目。

"今晚最后一支歌，是送给我妹妹的。几天前，她突然到我的床上睡，说是不想一个人睡。她这个人，稀奇古怪的，我希望她知道自己在做什么。我想她永远幸福。"

在姐姐送她情歌的时候，夏桑菊在椅子上睡着了。

当她醒来，梁正为坐在地上，拉着她的手。

"你回去吧。"她跟他说。

"不，我在这里陪你，我不放心。"

"我想一个人留在这里，求求你。"

"那好吧。"他无可奈何地答应。

"真的不用我陪你？"临走之时，梁正为再问她一次。

"求求你，你走吧。"她几乎是哀求他。

梁正为沮丧地离开那个房间。

看到梁正为的背影时，她忽然看到了自己。当你不爱一个人的时候，你的确不想他在你身边逗留片刻。你最迫切的愿望，就是请他走。即使很快就是明天，你也不想让他留到明天。

她把身上的衣服脱下来，站在莲蓬头下面，用水把自己从头到脚彻底地洗干净。直到李一愚残留在她身上的味道已经从去水槽流到大海里，从她身上永远消逝。她穿起浴袍，坐在窗前，一直等到日出。今天的天空很漂亮，是蔚蓝色的。她已经很久没有抬头看过天空了。她把双脚贴在冰凉的落地玻璃窗上。她现在感觉身体凉快多了。也许，当一个人愿意承认爱情已经消逝，她便会清醒过来。她名叫夏桑菊，并不是什么凉茶。

将近八点钟的时候，她看到李一愚从公寓里出来，准备上班去。他忽然抬头向酒店这边望过来，他没有看到她，她面前的这一面玻璃窗，是反光的；只有她可以看到他。李一愚现在就在她脚下。他和她，应该是很近、很近的了；她却觉得，她和他，已经远了，很远了。

Channel A

第 九 章

她是个幸福的女人，

她有一个那么爱她的丈夫。

这个男人对她的爱比她的生命长久。

梁正为接到警察局打来的电话，通知他去保释他爸爸梁景湖。

"他到底犯了什么事？"他问警员。

电话那一头，警员只是说："你尽快来吧。"

在一所中学里当教师，还有一年便退休的爸爸，一向奉公守法，他会犯些什么事呢？梁正为真的摸不着头脑。

梁正为匆匆来到警察局，跟当值的警员说：

"我是梁景湖的儿子，我是来保释他的。"

那名年轻的警员瞟了瞟他，木无表情地说："你等一下吧。"

大概过了几分钟，另一名警员来到当值室。

"你就是梁景湖的儿子吗？"这名方形脸的警员问他。

"是的。"

警员上下打量了他一下，说：

"请跟我来。"

他们穿过阴暗的走廊，来到其中一个房间，方形脸的警员对梁正为说：

"你爸爸就在里面。"

梁正为走进去，被眼前的人吓了一跳。他看到他那个矮矮胖胖的爸爸穿着一袭鲜红色的碎花图案裙子，腰间的赘肉把其中两颗纽扣撑开了。刮了腿毛的腿上，穿了一双肉色的丝袜，脚上穿着黑色高跟鞋。大腿上放着一个黑色的女式皮包。他戴着一顶黑色的长假发，脸上很仔细地化了妆，双颊涂得很红，唇膏是令人恶心的番茄酱红色。

这个真的是他爸爸吗？

"巡警发现他穿了女人的衣服在街上游荡。"警员说。

梁景湖看到了儿子，头垂得很低很低，什么也没说。

从警察局出来，梁正为走在前头，梁景湖一拐一拐地走在后面。刚才给巡警抓到的时候，他本来想逃走，脚一软，跌了一跤，走起路来一拐一拐的。

两父子站在警察局外面等车，梁正为没有望过他爸爸一眼。这是他一辈子感到最羞耻的一天。

梁景湖一向是个慈父，梁正为从来没见过今天晚上的爸爸。他爸爸到底是什么时候有这个癖好的呢？他骗了家人多久？两年前死去的妈妈知道了这件事，一定很伤心。

梁正为愈想愈气，出租车停在他们面前，他一头栽进车厢里。梁景湖垂头丧气地跟着儿子上车。父子两人各自靠着一边的车门，梁正为愤怒地望着窗外，梁景湖垂头望着自己的膝盖。

从警察局回家的路并不远，但这段短短的路程在这一刻却变得无边漫长。车上的收音机正播放着夏心桔主持的 Channel A，一个姓纪的女人打电话到节目里，问夏心桔：

"你觉得思念是甜的还是苦的？"

夏心桔说："应该是甜的吧？因为有一个人可以让你思念。"

电话那一头的女人叹一口气，忧郁地说：

"我认为是苦的。因为我思念的那个人永远不会再回来了。他是我男朋友，他死了。"

空气里寂然无声。假发的刘海垂在梁景湖的眼睑上，弄得他的眼睛很痒，他用两根手指头去揉眼睛，手指头也湿了，不知道是泪还是汗。

"思念当然是苦的。"梁正为心里想。那个他思念的女人，正苦苦思念着另外一个男人。

回到家里，梁景湖躲在自己的房间里没有出来。从午夜到凌晨，里面一点声音都没有。

梁正为躺在自己的床上，房间里有一张照片，是他大学毕业时跟爸爸、妈妈和妹妹在校园里拍的。比他矮小的爸爸，手搭在他的肩膀上，仁慈地微笑。从很小的时候开始，爸爸就教他怎样做一个男人。爸爸教他砌模型，陪他踢足球。他从来没想过爸爸也有不做男人的时候。对他来说，今天看到的一切，好像都不是真的。是梦吧？

他拿起电话筒，拨出夏桑菊的电话号码。

"是我，你还没睡吗？"

"还没有。前阵子有个女人来我们家里找她十五年前的旧情人，那个男孩子以前是住在这里的。"

"那她找到了没有？"

"不知道呀！即使她找到那个人，那个人也不一定仍然爱着她。女人为什么要去找十五年前的旧情人呢？"

"也许她现在很幸福吧。"

"幸福？"

"因为幸福，所以想看看自己以前的男人现在变成怎样了。"

"那我希望有一天我会变得很幸福，然后去找那个从前抛弃了我的男人。可是，如果他已经不爱我了，我的幸福对他又有什么意义？算了吧。"夏桑菊苦涩地说。

梁正为沉默了好长一段时间。

"你有什么事吗？"她问。

"哦，没什么。"

太多事情，是他无法启齿的，譬如他爸爸今天扮成女人的事，譬如他对夏桑菊的思念。她为什么只肯让那个李一愚占据着她心里的位置？今天晚上，他跟踪她去到李一愚家里。她刻意装扮得妖妖媚媚的从家里出来，登上出租车，去到李一愚那里。他们已经分手了，但她还是愚蠢地去找他上床。而他自己，也愚蠢地守候在公寓外面，等着自己喜欢的女人和另一个男人睡。他知道李一愚不会让她留下，这么晚了，他不放心她一个人回去。他已经不是第一次这样做了。今天晚上，若不是警察局找他去保释他爸爸，他会留在那里守候她。

"没有什么特别事情的话，我想睡了。"夏桑菊说。

"好的。"他始终没有勇气把心里的话说出来。

他忽然觉得自己没资格爱上任何人，他是一个变态的男人生下来的。

第二天早上，当他醒来的时候，爸爸已经出去了，餐桌上，留下了他为儿子准备的早餐。梁景湖平常是不会这么早出门上班的，今天也许是刻意避开儿子。一年多前，为了方便上班，梁正为自己买了房子，从那以后，他只是偶尔回来这里吃饭或过夜。现在，他一点也不想吃面前这份早餐，他只感到恶心。

在医院当护士的妹妹梁舒盈这个时候下班回来了。

"哥哥，你昨天没回去吗？爸爸呢？"她一边脱鞋子一边问。

"你知道昨天晚上发生什么事了吗？"

"什么事？"她坐下来，拿了半份三明治，一边吃一边说，"昨天晚上累死了，我们的病房来了很多病人。"

"爸爸昨天扮成女人在街上游荡，被巡警抓住了。我去警察局把他保释出来。"

梁舒盈呆住了，不敢相信自己耳朵听到的事情。

"你来！"梁正为拉着她进去爸爸的房间。

他打开衣柜寻找梁景湖昨天扮女人时所穿的衣服。

"你这样搜查爸爸的东西好像不太好吧？"梁舒盈站在一旁说。

"找到了！"他在抽屉里找到了梁景湖昨天穿的那一条红色裙子，抽屉里还有一顶假发、化妆品和丝袜。

"他昨天就是穿这条裙子出去的！"梁正为说。

梁舒盈拿起那条裙子看了看，说："这条裙子是妈妈的。"

"爸爸为什么会变成这样？"她苦恼地说。

"谁知道！"梁正为气愤地说。

"他会不会是跟人打赌？打赌他敢不敢穿女人的衣服外出。"

"他像会跟人打赌的人吗？"

"那会不会是因为爸爸还有一年便退休了，所以心情很沮丧，才会做出一些反常的事？自从妈妈死了，他很寂寞。"梁舒盈一边收拾衣柜一边说。

"你跟他谈过吗？"她问。

"算了吧，我要去上班。"

上班的路上，梁正为猛然醒觉，这一年来，他把所有心思都放在夏桑菊那里，根本没有怎么关心爸爸。跟罗曼丽分手之后，他搬回家里住了一段时间，自己买了房子之后，又搬出去。自从离家独居之后，两父子见面的次数少了，即使见到面，也没有谈心事。

妈妈死后，爸爸变得沉默了。爸爸和妈妈的感情很好。从前，爸爸每天都先送妈妈上班，然后自己才上班。妈妈有幽闭恐惧症，很怕困在狭小的空间里。她害怕坐电梯，也害怕挤满人的车厢。无论到哪里，爸爸总是陪着她。

他有一对信守婚姻盟誓的父母，他自己却偏偏害怕结婚。三年前，罗曼丽就是因为他不肯结婚而和他分手的。或者，他也遗传了他妈妈的幽闭恐惧症吧。他害怕的不是电梯和狭小的车厢，而是两个人的婚姻。

分手三年之后，一天，他接到罗曼丽打来的电话。重聚的那天晚上，他不知怎的跟她上了床。虽然伏在她身上，吻的是她的唇，揉的是她的胸部，他心里想着的却是夏桑菊。他闭上眼睛，叫自己不要想着夏桑菊，愈是这样，心里愈是偏偏想着她。

那天晚上的经过一点也不愉快，罗曼丽虽然看不出来，他自己却觉得难过。他不是曾经深深地爱着这个女人的吗？时光流逝，那份爱已经回不来了。她的身体，只是让他用来思念另一个女人。

下午，他接到梁舒盈打来的电话。

"我有一位当心理医生的朋友，我跟她说好了，你明天下午带爸爸去见她好吗？爸爸也许需要帮助。"梁舒盈说。

"我？"梁正为压根儿就不想去，他没法面对这种事。

"我明天要当值，走不开。"

"不可以更改时间吗？"他想找借口推搪。

"爸爸最疼你，你陪他去吧。事情没什么大不了。"

"没什么大不了？"他不明白梁舒盈为什么可以这么轻松。

"只要还生存着，什么都可以解决；死了的话，什么都做不到。"多少年来，梁舒盈在医院里见惯了死亡和痛苦，和那一切相比，就不用太悲观了。

梁正为没法推搪，只好陪梁景湖去医院一趟。那位心理医生名叫周曼芊，个子高高的，有一双洞察别人心事的眼睛。整整四十五分钟，梁景湖一句话也没有说。他明显地采取不合作态度。周曼芊也拿他没办法，只好说：

"我们下星期再见吧。"

"不用了，我不是病人！"梁景湖站起来，激动地说。

"你可不可以合作一下？"梁正为忍不住高声说。

"我不是你心中的怪物！"梁景湖用震颤的嗓音说。他望了儿子一眼，头也不回地冲了出去。

那天之后，梁正为回家的次数更少了。

这天晚上，他又去跟踪夏桑菊。假如说他爸爸有异服癖，那么，他自己也许有跟踪癖。他好端端一个男人，有大好前途，有一个想和他复合的旧女朋友，他却偏偏去跟踪一个不爱他的女人。自从爸爸那件事发生之后，他跟踪夏桑菊比以前频密了，或者，这是逃避内心痛苦的一种方法吧。

这天晚上，夏桑菊打扮得很漂亮，她八点钟就进去李一愚住的公寓，然而，到了十一点四十五分，李一愚才从外面回来。她一定等了很久。凌晨三点十分，像这几个月来的每一次一样，她一个人踏着悲哀的步子离开。她走在前面，他悄悄地跟在后面。街灯下，她的背影愈来愈长，愈来愈惆怅。她到底什么时候才会醒觉呢？他自己又什么时候才会醒觉？

后来有一天中午，梁舒盈来公司找他。

"有时间出去吃午饭吗？"她问。

梁舒盈带他去了一家他从未去过的咖啡室，那是在一家很大的时装店里面的。坐在咖啡室里，看出去全是今季流行的女装。

"这里的衣服很漂亮，可惜太昂贵了。"梁舒盈说。

梁正为笑了笑："你真会选地方，我现在看到女装都会害怕。"

"爸爸自己去见过周小姐。"

"周小姐？"他记不起是谁。

"那位心理医生。你知道爸爸为什么会穿着女装出去吗？"

"为什么？"

梁舒盈望了望梁正为，眼睛忽然红了。

"到底为什么？"梁正为问。

"他太思念妈妈，才会穿着死去的妈妈的衣服和鞋子，背着妈妈以前最喜欢的皮包出去。他被巡警抓到的时候，是在妈妈以前工作的地方附近，那条路，他陪妈妈走了许多年。你记不记得他以前每天都送妈妈上班？我们的爸爸并不是怪物，他只是个可怜的老男人。他一直都没办法忘记妈妈。穿了妈妈的衣服外出，就好像和妈妈一起出去，那便可以重温往日那些美好的岁月。"她说着说着流下了眼泪。

梁正为听着听着，眼睛也是潮湿的。他怎么能够原谅自己对爸爸的无情呢？他有什么资格看不起他爸爸？他根本无法体会一个男人对亡妻的深情。

这是一顿痛苦的午饭，他心里悲伤如割。他应该去向爸爸道歉，可是，他没脸去见爸爸。晚上，他坐在自己的家里，想起那天把爸爸从警察局保释出来的时候，在出租车上听到

Channel A，那个姓纪的女人说，思念是苦的，因为她思念的那个人已经死了，不会再回来。爸爸当时也听到了吧？

思念的确是苦的，假如你思念的那个人永远不会爱上你。

午夜时分，他接到夏桑菊打来的电话，她告诉他，她在酒店里。她的声音听起来好像哭过。那家酒店就在李一愚住的公寓对面，她一定是从李一愚家里走出来的。

梁正为来到酒店房间，看到了夏桑菊。

"我真的希望我能够爱上你。"她伤心地说。

"不，永远不要勉强你自己。"他微笑着说。

她流下了眼泪，抱着他的头，在椅子上睡着了。醒来的时候，她把他赶走。

思念是苦的，假如你思念的那个人永远不会觉悟。

离开酒店，已是凌晨五点多钟了。他回到爸爸的家里。他小心翼翼地掏出钥匙开门，怕吵醒爸爸。

梁景湖已经醒了，他从睡房探头出来，看见了儿子。

"你回来了？"梁景湖微笑着说。

"是的，你还没睡吗？"从警察局回来之后，他还是头一次这么温柔地跟爸爸说话。

"昨天睡得不太好。"

"等一会儿我们可以出去喝早茶，怎么样？"他提议。

"好的！"梁景湖脸上流露出安慰的神情。

"你先睡一会儿吧，我去洗个澡。"梁景湖说。

梁景湖进去浴室之后，梁正为在梁景湖的床上躺了下来。这是爸爸和妈妈以前睡的床，他小时候也曾经跟爸爸妈妈睡在一块儿。妈妈已经不在了，但她是个幸福的女人，她有一个那么爱她的丈夫。这个男人对她的爱比她的生命长久。

梁正为翻过身去，趴在床上，回忆着那些和父母同睡的美好日子，忽然之间，他的心头变得温暖了，不再孤单了。

他没有再去跟踪夏桑菊。他是爱她的，但也是时候撤退了。思念是美丽的。他死去的妈妈，会思念着他爸爸。那个姓纪的女人的男人，也会思念着他在世上的妻子。然而，他所思念的女人，虽然是活生生的，却不曾思念他。从他离开酒店的那一刻开始，他对她的感觉已经远远一去不回了。

爸爸的裙子，把他释放了。

Channel A

第 十 章

爱情并不迷信，而是我们迷信爱情。
破除迷信的过程，是漫长而痛苦的。

行人熙来攘往的马路上，悬挂着一个巨型的广告招牌。招牌上，写着一行字：

那年的梦想

湛蓝的夜空，椰树的影子与一轮银月构成了一幅让人神往的风景。这是南太平洋斐济群岛的旅游广告。

范玫因站在人行道上，仰着头，出神地望着广告招牌。不知道过了多少时间，她发现她身边站着一个男人，同样出神地看着这幅广告招牌。他也看到了她。多少年不见了？她没想到会在这里再碰到邱清智。

范玫因跟邱清智点了点头，两个人相视微笑。

"那年的梦想——"她喃喃。

"你的梦想是要成为作家。"邱清智说。

她笑了："我记得你说你要成为飞行员，在天空飞翔，把这个世界的距离缩小。"

邱清智尴尬地笑了笑："我没有成为飞行员，我只是个在控制塔上控制飞机升降的人。"

"我却把世界的距离缩小了。"

"嗯？"

"我在网站工作。"

"哦，是吗？"

"你到过斐济吗？"她问。

邱清智摇了摇头。

"斐济真的有这么漂亮吗？"她憧憬着。

"那时我们想过要去很多地方，却从来没有想过斐济。你老是想去欧洲。"

"有哪个女大学生没有梦想过背着背囊游欧洲呢？"

"结果我们真的去了欧洲。"

"而且在意大利的罗马吵架、分手。"

"你一个人跑回香港。"

"我们那天为什么会吵架？"

"你都忘记了，我又怎会记得？反正那个时候，我们什么都可以吵。"

范玫因笑了笑："那时不知多么后悔跑了回来。我只游了半个欧洲，直到现在，也还没有机会再游当年剩下的那一半。"

"你一个人跑掉了，我也好不了多少。"

"你结婚了吗？"

"没有。你呢？"

"那时我们一定也梦想过结婚。"

"我们有吗？"

"我们一定是梦想过结婚，所以到现在还没有结婚。我们两个，都是没法令梦想成真的人。"自嘲的语调。

"哦，是的。"

她望了望邱清智。他们为什么会在这样的苍穹下重逢呢？"那年的梦想"是对这段初恋的讽刺，还是一次召唤？不管多少年没见，他依旧是那么熟悉和温暖。他是她谈过最多梦想的一个人。

"前面有一家 Starbucks，去喝杯咖啡好吗？"邱清智说。

"你知道我从来不喝咖啡的。"她噘起嘴巴。

邱清智没好气地望着她。

"我要喝野莓味的 Frappuccino（星冰乐）。"她说。

"就知道你一点也没改变，还是喜欢作弄人。"他说。

他们走进 Starbucks，找到一个贴窗的座位。

"我们当年拍拖的时候，为什么没有这种好地方呢？那时只有快餐店。"范玫因微笑着说。

"谁叫你早出生了几年。"

"我还没到三十岁呀！"

"我知道。"

"你记得我是哪一天生日吗？"

"当然记得，你是——"

"不要说出来——"她制止他，"免得你记错了，我会失望。"

"我没记错。"

"你的记性一向不好。我倒记得你的生日，你是十月十五号。"

邱清智微笑不语。

"你在哪个网站工作？"他问。

"我们公司有好几个网站，你有没有上过一个叫 www.missedperson.com 的？"

"是寻人的吗？"

"嗯！只要把你想要寻找的人的资料放上去，其他网友便可以帮忙去寻找。"

"通常是找些什么人呢？"

"什么都有，譬如失去音信的旧情人，出走的太太，不辞而别的男朋友，某天擦身而过的陌生人，还有旧同学，旧朋友。最近有一个很特别的，是一个弥留之际的魔术师想要寻找一个与他在三十多年前一场表演中有过一面之缘的女观众。他思念她三十多年了。"

"那么，他找到没有？"

"还没找到，他已经过身了。你有没有想念的人要寻找？"

邱清智耸耸肩膀。

"那样比较幸福。"范玫因说。

"你还在弹吉他吗？"她问。

"没有了。"

"你一定想不到，我有一阵子学过长笛呢！"

"为什么会跑去学长笛？"

她呷了一口 Frappuccino，说："改天再告诉你。"

"你现在是一个人吗？"

她苦笑："我看起来不像一个被男人爱着的女人吗？"

"现在不像。"

"是的，我一个人。你也是吧？"

"给你看出来了！"

"今天是周末晚上呢！我和你，要不是人家的第三者，便是一个人。"

"你怎会寂寞呢？你一向都有很多追求者。"

"就是报应呀！"她说，"你记不记得当年你有个室友叫邵重侠的？"

"记得。我们不同系的。毕业后已经没联络了。你认识他吗？"

"我在旧同学的聚会上碰到他。那天晚上你没有来。"

"我不爱怀旧。"

"包括旧情人？"

邱清智腼腆地笑了。

"你还记得我们给他撞破好事的那天多么狼狈吗？"

"那么难堪，怎会忘记呢？那天晚上，他说好了不会回来过夜的。"

"于是，我们在房间里亲热。"范玫因接着说。

"谁知道他哭哭啼啼地跑回来。"

"他失恋了。"

"我只好把你藏在被窝里。"

"半夜里，你却睡着了！我怎么推也推不醒你。你怎么可能睡着呢？"

"对不起！我当时想等他睡着，结果自己睡着了。"

"但是我们还没有做完呀！你怎么可以睡着！"

"也许我太累了！做那回事的时候，男人付出的体力比女人大很多呢！而且——"

"而且什么？"

"而且你比较懒惰，喜欢躺着，什么也不做。"

"像我这么标致的女人，当然用不着爬高爬低那么主动啦！"她笑着笑着忽然有点难过。她不是爬上邵重侠的床请求他抱她吗？

"你有没有喝过婴儿香槟？"她问。

"给婴儿喝的吗？"

"当然不是，只是分量特别少。"

"好喝吗？"

"难喝死了。"

"你常喝的吗？"

"睡不着的时候喝。都是你不好！"

"跟我有关的吗？"

"如果当年你没有跟我吵架，我们没有分手，也许，我们现在已经结婚了，我会是一个很幸福和无知的小妇人。"

邱清智有点不服气："嫁给我又怎会变得无知呢？况且，是你首先跟我吵架的。"

"那也是你不对！你不记得自己说过什么吗？"

"我说过什么？"

"你说：'只要我不喜欢，你便是错的。'"

"这简直不是人说的话！我这么说过吗？"

"就是呀！我们第一次吵架的时候，你是这样说的。那时候，更不像人说的话，你也会说。"

"好吧！我该为你一辈子的失眠负责。"

"这才是人说的话。"范玫因得意扬扬地说，然后，她又说，"过两天是你的生日，我请你吃饭，赏脸吗？我知道有一家意大利餐厅很不错。"

"只要你喜欢，我怎么敢不赏脸？"

"有什么生日愿望？"

邱清智望着窗外那个巨型的广告招牌，神往地说："真想去斐济。"

"在那里，真的可以寻回梦想吗？"

范玫因用手支着头，望着邱清智。那年的梦想，已经是天涯之遥，就像香港跟斐济的距离。眼前人，却是咫尺之近，难道他才是她的梦想？千回百转，他们又重聚了。

邱清智生日的那天，她预先订了一个蛋糕。吃完了主菜，她问他：

"你知道那个蛋糕是怎样的吗？"

"是一架飞机？你多半会讽刺一下我当年的梦想。"

"我才没那么差劲。"

服务生捧着一个生日蛋糕经过，是属于另外一桌的，那里坐着一对男女。

"有人跟你同一天生日呢！"

"她不停地看手表呢。"邱清智说。

"我们的生日蛋糕来了。"范玫因说。

服务生把生日蛋糕放在桌子上。蛋糕上面，铺了一层湛蓝色的奶油，椰树的倒影是用黑巧克力做的，那一轮银月是白巧克力。

"那年的梦想？"邱清智说。

"你不是说想去斐济的吗？"

"谢谢你。"

"生日快乐。"烛影中，她俯身在邱清智的脸上深深吻了一下。她在他眸中看到那个年少的自己，有点醉，有点自怜。

"你知道我为什么要学长笛吗？"她问，然后，她说，"是为了接近一个男人。"

"哪个男人这样幸福？"

"你也认识的。"

"是邵重侠吗？"

"你为什么会想到是他？"她很诧异。

"上一次，你忽然提起他。"

"他家楼下有一家乐器行，我就在那里学长笛，故意找机会接近他。"

"然后呢？"

"他并没有爱上我。长笛的故事也完了。"她一边吃蛋糕一边说。

"无论你有多么好，总会有人不爱你。"邱清智无奈地说。是安慰自己，也是安慰她。

"我也不知道为什么会喜欢他，就像突然着了魔似的，没法清醒过来。爱情，有时候是一种迷信。"

"我们都是读洋书的人呀！为什么会迷信呢？"

"迷信和学识一点都没关系。在你之后，我有一个男朋友。一天，我看见他买了一块烧肉，我以为是给我吃的，原来他准备去拜神。他是念生物化学的呢！"她说着说着大笑起来，"我是因为那块烧肉而跟他分手的。我不能忍受我爱的男人是个会去拜神的男人！可是，现在我倒觉得没有什么大不了。我何尝不迷信？我甚至甘愿化成一块烧肉供奉我爱的那个人！只要他喜欢！"

"爱情并不迷信，而是我们迷信爱情。"邱清智说。

"破除迷信的过程，是漫长而痛苦的。"

"所以，最好不要再迷信。"

"知道了。"她用力地点头，说，"去喝咖啡好吗？去上次那一家 Starbucks，我要喝野莓味的 Frappuccino。"

"又是野莓味？"

"是的，是 wild berry（野莓），我迷恋所有 wild（野性）的东西。因为现实中的自己并不 wild，我曾经以为自己很 wild 的。"

"成长，便是接受一个不完美的自己和一个不理想的自己。"邱清智说。

"也接受这个世界的不完美和不理想。"她说。

范玫因和邱清智肩并肩向前走,多少青涩的岁月倒退回来,她觉得自己改变了许多,邱清智却没有改变。她不知道这是否是一厢情愿的想法。跟故友重逢,人总是认为自己改变良多,不再是从前的自己。有一点改变,也是成就。

"你喜欢自己的工作吗?"范玫因问。

"不会最喜欢,也不是不喜欢。有多少人会十分喜欢自己的工作呢?"

"我一定要做自己喜欢的工作的。"

"女人比较幸福。因为男人做了自己不太喜欢的工作,所以,他们的女人才可以做自己最喜欢的工作。"

她摇摇头,说:"性别歧视!"

Starbucks 里挤满了人,他们买了两杯野莓味的 Frappuccino 站着喝。从这里望出去,那个斐济群岛的广告招牌,依旧耀目地悬挂在半空,点缀着这个没有梦想的都市。

"你还没有告诉我你的故事。"范玫因说。

"在你之后，我谈过两次恋爱。"

"这么少？"

邱清智点了点头。

"到目前为止，哪一段最刻骨铭心？"她问。

"是否包括跟你的那一段？"

"当然不算在内！我认为我对你来说是刻骨铭心的，让我这样相信好了。"她笑着说。

"那么，除你之外，是上一个。"

"她是一个怎样的女人？"

"她的声音很动听。"

"有没有夏心桔那么动听？我每天晚上都听她的节目。"

"差不多吧。"邱清智说。

"你和她为什么会分手？"

"不记得了。"

"是你不想说吧？"

"不，真的是不太记得原因了。有些记忆是用来遗忘的。"

"我们通常是遗忘最痛苦的部分。那就是说，她令你很痛苦？"

邱清智没有说话。

她也不知道说些什么好，就说：

"我们有没有可能去游当年剩下的那半个欧洲？或者是斐济也好。"

"说不定啊！"

"真希望明天便可以起程。"

十一点十五分，店里的服务生很有默契地站成一排，一起喊："Last order！"

"是这家店的作风，差不多关门了。"邱清智说。

"是吗？吓了我一跳。"

"还要再喝一杯吗？"

"不用了。"范玫因放下手上的杯子。

在车厢里，她拧开了收音机，电台正播放着夏心桔的节目，一个女人在电话那一头，凄楚地问：

"你觉得思念是甜的还是苦的？"

"应该是甜的吧？因为有一个人可以让你思念。"夏心桔说。

"我认为是苦的。"女人说。

车上的两个人，忽而沉默了。重逢的那一刻，愉快的感觉洗去了别后的苍凉。然而，一旦有人提起了思念这两个字。多少的欢愉也掩饰不了失落。毕竟，有好几年的日子，他们并不理解对方过的是什么样的人生。这刻的沉默，说出了距离。那是他们无法弥补，也无意去弥补的距离。

车子停了下来，范玫因说：

"能够再见到你真好。"

"谢谢你的蛋糕。"邱清智说。

"有一个问题想问你。"

"什么问题？"

"你要坦白的！"

"我从来就不会说谎。"

"今天晚上，你有没有一刻想过和我上床？"

"有的。"

"现在是不是已经改变主意了？"

"嗯。"

"为什么？"

"你就像我的亲人，跟你做好像有点那个。"

"对了！我也有这种感觉！"范玫因笑了起来，说，"我宁愿你是我的亲人，亲人比较可以长存。"

"太好了！"邱清智松了一口气，双手放在头后面，说，"我们都想过做而决定不做……"

"嗯，这个决定不简单。"她接着说。

"难得的是，我们都认为不做更好。"

"是的。"她微笑着说。

"十年后，如果我们再一次重逢，你猜会是什么光景？"她问。

"十年后，我们都快四十岁了。"

"你会变成怎样呢？而我又会变成怎样呢？"

"我们还会做吗？"

"四十岁，是 last order 了。如果我还没有找到好男人，你要照顾我。"

"谢谢你把 last order 留给我。"邱清智说。

阳光普照的一天，范玫因站在人行道上，仰头望着那个巨型的斐济群岛广告。那年的梦想，到底是遥远的。她在旧相簿里，看到了一张她和邱清智一起时拍的照片，那天是他的生日，日期是十月十九日。啊，原来她记错了他的生日，她还以为自己是不会忘记的。

邱清智为什么不去更正呢？是不想她尴尬，还是认为已经无所谓了？我们曾经那样爱着一个人，后来竟然忘记了他的生日。爱是长存的吗？她转过头去，发现她旁边也站着一个男人，出神地看着那个广告招牌，是她不认识的。

Channel A
第 十 一 章

重逢的故事，
放在任何一个年代，也是感人的。
所有重逢的故事，
也都是各有怀抱的。

徐启津从外面回来。他脱掉外衣，钻到床上，把脸深深地埋在李思洛的头发里。

　　"回来啦？"李思洛迷迷糊糊地转过身来搂着他。

　　徐启津的脸愈埋愈深，仿佛要钻到她的头发底下。

　　"怎么啦？"她睁开惺忪的睡眼问他。

　　"思洛，我们结婚吧。"

　　"嗯。"她轻轻地应了一声。

　　第二天醒来，她记不起昨夜听到的是自己的梦呓还是徐启津真的向她求婚。无数次，当她和他的身体纠缠在一起的时候，他总会激动地问她：

"你会不会嫁给我？"

男人对女人的身体有着激情的依恋时，总会许下很多承诺。她从来都没当是真的。可这一次，他是认真的。

房子是徐启津去年买的，她每个星期总有几天在这里过夜。要结婚的话，她只要明天回家把行李搬过来就行了。

这天，她和徐启津去百货公司购买一些新婚用品。他看他的东西，她也看她的。当两个人在文具部相遇的时候，李思洛发觉徐启津买了以下这些东西：

两个枕头套，两条床单，一部新款的万能搅拌机和一部蛋奶饼烘炉。他近来爱上在早餐时吃蛋奶饼。另外，还有一套音响，是放在书房的。他手上还拿着一双新的拖鞋和一些男装内衣裤。

她自己买的，是一台天文望远镜和一袋牛角面包。

"你买望远镜干什么？"徐启津问她。

"用来看天空。"她答得很理所当然。

刚才看到这台望远镜的时候，她就这么想。

"你会看天文吗？"他问。

"还不会。"她微笑着说。

"这个呢？"他指着她抱在怀里的牛角面包。

"因为我想吃。"

他看着她，有些奇怪。她看看自己，也觉得有些奇怪。

她买的两样东西，跟结婚一点关系也没有。没有了天文望远镜和牛角面包，她的新生活还是要开始的。

徐启津送她回家的时候，她问他：

"你为什么要结婚？"

"我想要一个老婆。"徐启津拿着那袋内衣裤说。

那一刻，她满怀失落。她想听到的是：

"思洛，我想与你共度余生。"

夜里，她在自己的房间收拾要搬去新居的东西。因为常常在徐启津家里过夜，她早已经把大部分东西放在他家里。只有一个小小的铁罐子，她一直没有带过去。

她小心翼翼地打开这个本来用来放巧克力的小小的圆罐

子，把潜水表拿出来。潜水表老早已经坏了，时间停留在十一点三十七分。这块白色塑料潜水表，在水底会发光。手表是她十五岁那一年，姜言中送给她的。他把一个月的零用钱省下来，送她这块潜水表，鼓励她学游泳。那年暑假，姜言中差不多天天带她去海滩。

这么多年了，她还是常常想起他。

天亮了，她仍然在收拾。不知道是收拾东西，还是在收拾一些回忆。

这天晚上，她约了罗曼丽在酒吧见面。

"能够在三十岁之前出嫁，太令人羡慕了。"罗曼丽取笑她。

"你有没有姜言中的消息？"

"都快要结婚了，为什么还想起初恋情人来？"

"只是想知道他现在变成怎样了。"

"你不知道他在哪里，我又怎会知道？"

"你不是有一个旧同事跟他哥哥是好朋友的吗？"

"那个旧同事几年前已经移民了，我们早就没联络了。你不是有姜言中以前的地址和电话的吗？"

"很久以前打电话过去，说是没有这个人。也许他已经搬了，电话号码也改了。"

"你为什么要找他？"

李思洛托着头，微笑着问：

"如果我们还在一起，你猜我的故事会不会不同？"

"这是永远不会有答案的。你不爱徐启津吗？"

"我爱他，他对我很好。但是，思念，有时候是另一回事，我很想再见姜言中一次。"

"你到底是怀念初恋还是怀念初恋情人？"

"也许两样都怀念吧，都十五年了，无论现在生活得多么快乐，总是放不下他。"

"都分开这么久了。万一给你找到他，他却已经忘记了你，你怎么办？"

"他忘了我也好，那么，我也可以忘记他。"

徐启津到加拿大温哥华开会。他要在那边逗留五天。他回来的第二天，就是他们注册结婚的日子，那天是周末。

李思洛送走了徐启津，一个人来到姜言中以前住的房子。她想，也许只是电话号码改了，他还住在这里。她战战兢兢地按下四楼座的门铃。不知道他现在变成怎样。

屋里没有人。她站在门外，舍不得走。

她怕走了之后，没有勇气再来。她就这样从早上等到黄昏。这个时候，一个女人回来了。

"你要找谁？"女人一边掏出钥匙开门一边问她。

"请问这里是不是姓姜的？"

"这里没有姓姜的。"女人把脚上的鞋子脱下来，放在门外。

"你知不知道他们搬到哪里去了？"

"没听过这里有姓姜的住客。"女人搔搔头，好奇地问，"你要找的是什么人？"

"一个旧朋友。"

"嗯，我能理解。我也有找一个很旧的朋友的经验。"女人一只手撑着门说。

"是吗？"李思洛在门外站了一整天，双腿也麻了，用一只手撑着墙。

"我比你幸运。我终于找到了他。"

"真的？"

"可是他不记得我是谁。"女人把手上的皮包抛到屋里去。

"哦。"李思洛忽然觉得很沮丧。虽然这不是她的故事，但她害怕自己的故事也是这样结局。

"谢谢你。"李思洛转身离开。

"等一下——"

李思洛回头，女人问她：

"你有没有电话号码可以留下？我替你向业主打听一下，这里有些老街坊，也许可以向他们打听。你朋友叫什么名字？"

"姜言中。"李思洛把电话号码写在一张白纸上交给女人。

"小姐，你贵姓？"李思洛问。

"我姓夏。"女人说。

已经第三天了，一点消息也没有。她想，她的故事也许就要这样结局。见不到也是好的。见不到，她永远不会知道姜言中有没有忘记她。见不到的话，姜言中在她的回忆里，依然是美好的。都十五年了，也许，有一天，当她在路上跟他擦肩而过，她也认不出他来。

她和姜言中一起的日子还不到一年。那时候，他们几乎每次见面都吵架。明明是很爱对方，却总是互不相让。分手的时候，她躲起来哭了很多天，她以为自己会把眼睛哭盲呢。她知道他也在哭。后来长大了，她终于明白，她和姜言中都是很贪婪的人，都想占有对方，却又不能忍受被对方占有，这两个人，是不可能幸福地生活在一起的。

分开之后，她常常想，假如她和姜言中上过床，故事会不会不一样？他们会不会留恋对方多一点？

第四天的早上，她接到徐启津从温哥华打来的电话。

"我明天就回来。"徐启津在电话那一头说。

"明天见。"她说。

明天到了，她不会再去寻找她的旧梦。

电话铃声响起，是一个年轻女人动听的声音。

"是李小姐吗？我姓夏的，住在你旧朋友的房子里——"

"我记得。"

"你朋友是不是跟爸爸妈妈和哥哥一起住的？"

"对。"

"有一位老街坊最近碰到他妈妈，所以有他的消息。"

"真的？"

"我把地址读给你听——"

"你会去找他吗？"姓夏的女人在电话那一头问。

"我会的。"

"那么，祝你幸运。"

她以为要绝望了，他却忽然出现。她很想立刻就去见他，却又怕见到他。姜言中现在变成什么样子了？她在他心中又变成什么样子了？

假如有一个带着回忆的女人跑去见他，姜言中会吃惊吗？他会不会已经有心爱的人了？也许，十五年前的占有和贪婪，他已经不太记得了。

如果还有很多个明天，她会再考虑一下好不好去重寻旧梦。因为只有一个明天，她鼓起勇气去看一看十五年来在她记忆里徘徊不去的男人。

她拿着地址来到铜锣湾加路连山道。她走上十三楼，鼓起勇气按下门铃。

来开门的是姜言中，他见了她，微微地怔住。

"思洛。"是他首先叫她的。

她全身绷紧的神经在一刹那放松了。她的故事要比那个跟她萍水相逢的夏小姐美丽一些。她的初恋情人没有忘记她。

姜言中长高了，由一个活泼的少年变成一个稳重的男人。

"你好吗？"她问他。

十五年了，竟然就像昨天。

"你就住在这里吗？"她问。

"是的，请进来。"

房子看来是他一个人住的，总共有两个房间，其中一个，堆满了书。姜言中一向爱看书。他们一起的时候，他常常给她讲书上的故事。

"地方很乱。"他尴尬地说。

"也不是，只是书比较多。我有没有打扰你？"

"当然没有。"

"我到过你以前住的地方，听说你搬来这里了。我想来看看你变成什么样子，你没有怎么改变。"

"你也是。思洛，你要喝点什么吗？"

"一定有咖啡吧？你最爱喝咖啡的。"然后，她从包里拿出一袋东西，说，"在 Starbucks 买的咖啡豆。"

"我们就喝这个吧。"

姜言中弄了两杯咖啡出来。

"你现在做什么工作？"

"在出版社。"

"你们出些什么书？"

"种类很多。你看过韩纯忆的书吗？"

"有啊！我喜欢看爱情小说。"

"你呢？你在哪里工作？"

"刚刚把工作辞了，近来有些事情要忙。"

"忙些什么？"

"我要结婚了。"

"哦，恭喜你。"

"你呢？你还是一个人吗？"

"是的，看来我还是比较适合一个人生活。"

"只是你还没找到一个你愿意和她一起生活的人罢了。"

"也许是吧。"

她呷了一口咖啡，说："十五年过得真快，好像是昨天的事。我还担心你认不出我来呢！"

"怎么会不认得呢？"

"我到你以前住的地方去过，新的房客是一位姓夏的小姐。她告诉我，她也去找过一位很旧的朋友，但是，对方认不出她来了。"

"那个人也许是旧朋友，而不是旧情人吧。如果曾经一起，是不会忘记的。"

"如果我不是来这里找你，而是在街上碰到你，你也同样会认得我吗？"

姜言中望了望她，说："我没想过会不认得。"

她笑了："我们竟然一直没有再相遇。"

"你还戴着这块潜水表吗？"姜言中看到她手腕上的潜水表。

"嗯。"

"十一点三十七分？现在已经这么晚了？"他怔了一下。

"不。是手表坏了。"

"坏了的手表，为什么还要戴着？"

"怕你认不出我来。"

"假如认不出你，也不会记得这块手表。"

"韩纯忆长什么样子？"

"哈哈，凶巴巴的。"

"她写过一个重逢的故事。"

"我知道你说的是哪一个。"

"一对阔别多年的旧情人偶然相遇，大家也想过上床，最后却打消了念头，因为，对方已经变得像亲人那样了。"

"那是她两年前写的故事。"

"重逢的故事，放在任何一个年代，也是感人的。"

"因为我们都渴望跟故人重逢。"

"我们也会变成亲人一样吗？"

姜言中望着她，没法回答。

"我们是没法成为亲人的。"她说。

"是的，我们不会。"他说。

她望着他眼睛的深处。她来这里，绝不是要找一个亲人。她要找的，是十五年萦绕她心头的男人。她要寻觅的，不是亲人的感觉，而是爱的回忆。她想相信，爱是永远不会消逝的。

当他认出她腕上的手表，她的身体已经迎向了他，迎向那十五年悠长的回忆。

她是个明天就要结婚的女人，这一刻的她，却躺在旧情人的身体下面，承接着他每一次的摇荡。爱欲从未消逝，他们是成不了亲人的。

晚上十点半了，她坐在床边穿上鞋子，说："我要走了。"

"我送你回去。"姜言中说。

经过他的书房时，她看到一本书，是米谢·勒缪的《星星还没出来的夜晚》。

"这本书，可以借给我看吗？我的那一本丢了。"

"你拿去吧。"

"我看完了还给你。"

姜言中用出租车送她回去。天上有一轮明月，一直跟在他们的车子后面。

"你喜欢这本书吗？"姜言中问。

"嗯。说是写给小孩子看的，却更适合成年人。书里有一页，说：'如果我们可以任意更换这副皮囊，是否有人会看中我这一副呢？'我真的想过这个问题。"

"你的那一副皮囊，怎会没人要呢？我的这一副，就比较堪虞。"

那一轮满月已经隔了一重山，车子停了下来，姜言中问

她："是这里吗？"

"是的。我就住在这里。"

"再见。"她说。

"再见。"他微笑着说。

她从车上走下来。

"思洛——"他忽然叫住她。

她立刻回过头来，问他："什么事？"

他望着她。

十五年太短，而这一刻太长。

终于，他开口说：

"祝你幸福。"

"谢谢你。"她点了一下头，微笑着。

他走了。曾经有那么一刻，她以为他还爱着她。

他记得她腕上的手表，这不是爱又是什么？她故意戴着手

表去找他。假如他忘记了这块手表，她也会把他忘记。可是，他没有忘记。她以为十五年的思念不是孤单的。

假如姜言中问她："你可不可以不去结婚？"也许，她还是会去结婚的，但她会一辈子记着这一晚。她和他，是没有明天的。即使如此，她仍然渴望他会说："不要去结婚。"她是怀着这样的希望去见他的。

她忽然明白了，这个想法是多么地可笑！姜言中和她上床，是要完成十五年前没有完成的事。他想进去她的身体，去那个他没去过的地方，填补从前的遗憾，好像这样才够完美，才可以画上一个句号。

她却以为，他十五年来也爱着她。在肉体交缠的一刻，他们两个人心里想的东西，是有点不一样的。

今天晚上，他不再有遗憾。她也不再有了。她知道她的思念或许是孤单的。所有重逢的故事，也都是各有怀抱的。

她打了一通电话给姓夏的女人，告诉她：

"我找到我要找的人了。"

"他认得你吗？"

"他认得我。"

"那你真是太幸运了。"

"是的。谢谢你。夏小姐，我觉得你的声音很熟悉。"

"是吗？"她在电话那一头笑了笑。

床头的时钟指着十一点钟，快要到明天了。她觉得，还是昨天比较好。昨天的梦，比较悠长。

她拧开了收音机，听到一个熟悉的声音说：

"如果有一个机会让你回到过去，你会回到哪一年？"

这不就是姓夏的女人的声音吗？

图书在版编目（CIP）数据

那年的梦想 / 张小娴著 . —长沙：湖南文艺出版社，2020.6
ISBN 978-7-5404-9661-6

Ⅰ . ①那… Ⅱ . ①张… Ⅲ . ①长篇小说—中国—当代 Ⅳ . ① I247.5

中国版本图书馆 CIP 数据核字（2020）第 072459 号

上架建议：畅销·小说

NANIAN DE MENGXIANG
那年的梦想

作　　者：张小娴
出 版 人：曾赛丰
责任编辑：刘雪琳
监　　制：毛闽峰　李　娜
策划编辑：张　璐
文案编辑：王　静
营销编辑：焦亚楠　刘　珣
封面设计：介末设计
版式设计：梁秋晨
封面插画：Eve-3L
出　　版：湖南文艺出版社
　　　　　（长沙市雨花区东二环一段 508 号　邮编：410014）
网　　址：www.hnwy.net
印　　刷：三河市兴博印务有限公司
经　　销：新华书店
开　　本：875mm×1230mm　1/32
字　　数：97 千字
印　　张：7
版　　次：2020 年 6 月第 1 版
印　　次：2020 年 6 月第 1 次印刷
书　　号：ISBN 978-7-5404-9661-6
定　　价：40.00 元

若有质量问题，请致电质量监督电话：010-59096394
团购电话：010-59320018